飞机掠过云层，但对比着广袤的云海，它又好像是静止的。

可是时间没有真的静止。

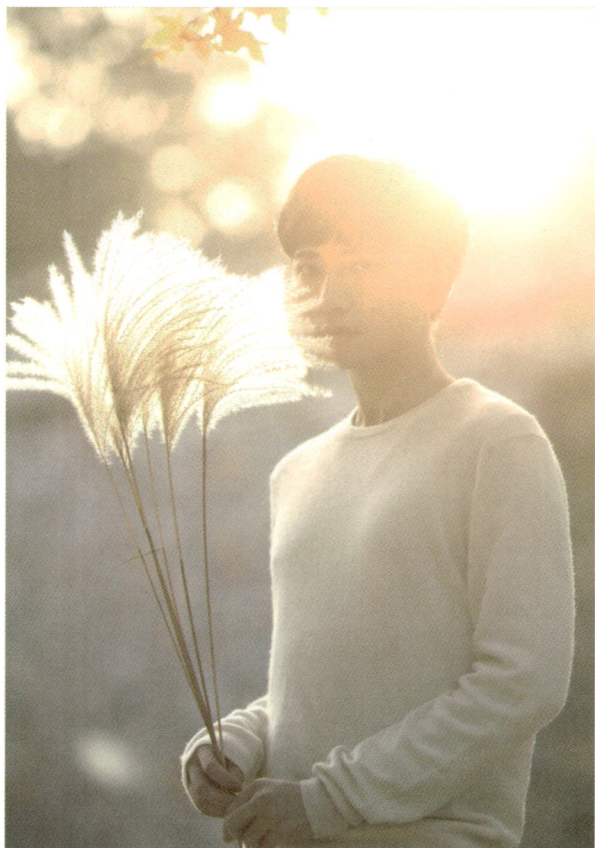

恍惚间，似乎回到了那时的快乐时光。

没有争吵，没有伤害，亦没有离别。

离开我，遇见我

沈肯尼 // 作品

北京联合出版公司
Beijing United Publishing Co.,Ltd.

图书在版编目（CIP）数据

离开我，遇见我 / 沈肯尼著 . —北京：北京联合
出版公司，2018.8
ISBN 978-7-5596-2391-1

Ⅰ . ①离… Ⅱ . ①沈… Ⅲ . ①自传体小说—中国—当
代 Ⅳ . ① I247.5

中国版本图书馆 CIP 数据核字（2018）第 162810 号

离开我，遇见我

作　　者：沈肯尼

责任编辑：李　征

北京联合出版公司出版
（北京市西城区德外大街 83 号楼 9 层　100088）
河北鹏润印刷有限公司印刷　新华书店经销
字数 160 千字　880 毫米 × 1270 毫米　1/32　9 印张
2018 年 8 月第 1 版　2018 年 8 月第 1 次印刷
ISBN 978-7-5596-2391-1
定价：45.00 元

目录

目录

序 言
KENNETH /

过去的未来之约

　　那个再熟悉不过的朋友群里弹出来一条徐朗的消息，他进群已经许多天了，今天破天荒地跟我们打了个招呼。我们以为他是我们之中最开朗、最快乐的那一个，再联系上他，是通过一场葬礼。我和他曾经是无话不谈、亲如手足的八拜之交，在以为被遗忘的过去，我们在苏格兰有过一次郑重其事的未来之约。许多年过去了，我们默许了双方从彼此的生活里彻底消失，用遗忘填满思念的空洞，让懊恼顺势化成反复探查彼此生存痕迹的线索，嫉恨着，思念着，遗忘着。群里的几个人忙着和他热络，仿佛一下子回到了在爱丁堡看初雪的那天，所有人都期望着能发生点儿什么事情，好让对方变得像自己期望的那样开心。看着这个沉寂了许多年的群重新热闹起来，我却反反复复地在输入和删除间滑动着我的手指，最终看着满屏 @ 我的信息，没打出一个字。我早就知道，像我这样对感情过于较真儿的人，往往会带来伤害，无论是自伤还是伤及他人。最后，我关掉手机，倒也落得一片寂寥清净。

但我也无法再入睡，我反复地想起从前。凌晨三点，夜凉如水，明晃晃的月光给都市披上一层银纱，我站在高楼上望着山峦起伏处，幻想着另一种黑暗世界里的别有洞天。我已经这样蠢蠢欲动了许多次，今晚便索性一个人开着车晃悠到山下。宽阔的马路上没有一个人，暖色调的路灯让世界多了一丝被慰藉的意味。这些经常发生在我一个人居住的夜里，人太孤独的时候，便能在其中发现古怪的趣味，我庆幸我是这一类。假如我今晚没有这样出门，那现在我一定定格在某一个恍神凝望黑暗走廊的瞬间，或者在书房里探寻着叔本华"要么庸俗，要么孤独"的下一句独白，看它是否还能赐予我应对未来深不见底的黑暗时的某种英雄气节。

我把车停在山下路口的一侧，裹紧身上单薄的外套下车。一阵北风在耳边急速掠过，半干的刘海细碎地打在额头上，枯木丛里传来几声枝条折断的响动，隐约能听到城市边缘汽车加速时引擎的声响。这世界孤单的灵魂们一定在以某一种无法理解的方式陪伴着彼此，这不一定非要等到穷途末路的那一天我们才可以理解。深山里传来一阵夜枭的叫声，这一切都给初冬深夜的这场一个人的冒险陡增了无限可能。我第一次开车到山的这一端，远途让这里成为鲜有人来探寻的区域。一开始道路两侧还没有树木，银色月光把石子路打磨成一条通天绸缎，我兴奋地顺着道路往上走着。这让我想起了《哈尔的移动城堡》里的情形，一个人在失去一切后跑到荒野里找寻另外一种生活的可能，然后那个决定彻底改变了生活的轨迹。

人在世间，悲剧和孤独注定是我们无法抗拒的内在吸引，这是人性所为，和悲观、家庭、教育并无太大关系，哲学里一直据理力争的某种精神寄托，也是一样的。我停在山腰间一片光滑的石壁上，斜倚着，越过一层薄雾，望着都市里的灯火辉煌。那端一定有一个像我这样的男孩，此刻在窗前望着山峦这一边，思索着一些尽可能让自己理解和接受生活的问题。他或许也像我一样，知道这种生活方式和过去息息相关。我惊动了一些蚂蚁，它们慌乱地爬到我的手背上。自幼独处的好处就是，长大后能轻而易举地拥抱全部的孤单。少不更事时，家人就常常把我锁在家里，那时候我最大的乐趣就是在花园里捕捉蜜蜂，或者用熟食引诱蚂蚁，再观察它们交头接耳地通报信息，最后它们会按我策划的那样，成群结队地来搬运食物。我用水给它们制造麻烦，再用木枝给它们创造捷径，我像上帝一样预知、安排和操纵着它们的命运，这能让我获得无限满足。再后来，在私立学校一个人住的宿舍里，我夜夜抱着枕头，躲在窗帘后面偷看同学们嘴里说的"女鬼"出没的铅球场。我们是最好的伙伴，我们亲密如家人，我们在父母永恒缺席的世界里如影随形，寄居取暖。一个口误、一个无心的玩笑都能让我们津津乐道许多天。如今再想起来，那些琐事竟然可以支撑起今天的许多信念来。你看，我总是这样无休止地说起过去，遗忘假若能用反复铭记的方式提醒，那它从来都不简单。

休息够了，再往上走，我进入一片丛林之中，月光暗淡了许多，斑驳的树荫拼凑成模糊的痕迹，像这些年的生存痕迹，和许多人，在世界不同的经纬度上，因为许多事，编织成一张密密麻麻的网。这张网上有的地方脱了线，有的地方打了结，有的地方却因为脱了线后再次捆绑变得越发牢固。我们时常周旋于其中，想不透、解不开，但一直试图打破某种趋于认命的所谓常理。再往前继续走去，我终于进入了一片密密麻麻的黑森林之中，没有被照明的世界，像极了在苏格兰的日子。那是一段被黑暗包裹的明亮岁月，我们初识于时差七个或八个小时的异国他乡，在乡音浓重的斯特林，因为梦想、期望、命运交会在一起，懂事之前，情动以后的所有摇摆不定也有了结局。在苏格兰的日子，像国境以南的深海里的暗夜泅渡，但只要还有些许的诗意，就让我相信那会是我成年后做的最后一个美梦。等我们离境那天，所有的事情大多会按我们计划的那样去演绎和发展。就像今天这样，我只身一人在寒冷中消磨着冬夜。微博那端曾经的挚友新婚不久后离了婚，带着女儿穿梭在澳大利亚的春天里，曾经和我围炉夜话的她在朋友圈发布了新餐厅的照片；而另外一个她在秀场结束后，给我寄来在苏黎世街头买的一瓶新款香水。然后，我们又全回到了一个群里，建立了属于我们几个人的小社会，延续起从前已经结束的情缘。我们中的大多数都活成了曾经计划的样子，但每一次聊天都会一直谈论在斯特林的日日夜夜，那段非黑即白、动心忍性、曾发誓离开后永不再提的岁月和往事。我们所有人都知道，我们都怀念那些日子，那是自己成长最快的岁月。在经历了那一段如炼狱般的岁月后，在未来，我们肯定会讲述起来的，就像这一次一样。当我们已经永远失去一件东西的时候，我们惟一还能做的就是不要忘记，组成我们生命的不是美好未来和不可探知的意识或者永恒，而是往昔的细节和深刻感受——绝望或是满足。这样一个人外出爬山，在暗夜里顺着流光熠熠的痕迹找寻从前的自己和印记，也会变得意义非凡。我继续往前艰难地走着，森林的尽头有一片苍凉的白色月光，越过那片白月光往上再步行上一小程，我应该就能到达山腰的平坦处。东方的天色开始隐隐通透起来。

我的脚下反复传来枯叶和枯草掠过鞋子的声响，我加快了自己的步伐，但越快我越能感觉到自己无限的焦躁和倾诉欲望。那些曾预期永恒告别的时刻，在沉郁许久之后，再次出现在我们的生活里，像所有电影或小说中的情节，而策划的人却是我们自己。事情不该像那样任由误会去发展，我们不能再任由自己的情绪和任性去构建我们的真实未来。

我从来不厌倦孤独，但今天却觉得异常寂寞。寂寞和孤独的差异可能在于，寂寞是找不到前行的目的地和方向，而孤独是在一个人的世界里绝美地沦陷。所以，今天徐朗的再次出现，可能使我错误地把寂寞当成了孤独，但一切似乎还为时未晚。我走到了那簇白色月光下面，抬头望着天空中星罗棋布的繁星，想起那次我们在雪地里呵气谈心的模样，我还记得像黑曜石一样的眼珠里闪动起细碎火光的时刻。我们几个人本就来自五湖四海甚至不同的国家，我们从未预期过友情能在我们身上如此热烈地产生。上天在许多年后给了我们一个解开当年误会的机会，或许这其实不是一个误会，这得看当年身处其中的我们想看到的是哪一个版本的结局，但至少，我理解和经历的版本是一段这样的往事，我没要求过任何宽慰和致歉，我没遗忘过。

眼前的光亮突然消失了，一片乌云快速掩盖住了月亮，没有了窸窣响动的声音，幽深成了黑暗的利器，黑暗笼罩在大地上，一切都像极了往昔彼此凝望的黑眸。那时候，在黑暗里我们都可以探寻到光亮，那一簇簇夏日蕨类的气息时至今日都是我生活的香调；那些日子，我曾自负宣誓，信誓旦旦……黑暗里，我不愿意再像这些年一样，只身前往一个未知的地方，然后在很远很远的未来怀念起很远很远的曾经，我需要折返。事实证明，发生在我们几个人之间的事情，只要彼此都愿意，是能回到过去的。现在，大家都在等我，等我说一句"你好"或者"你好吗"后，我们便能获得一串儿钥匙，这里面一定有那一把开启过去的万能钥匙，只看最后我们选择哪一把去开门。

我转身，往山下急速走去，树木交错间，月光再次投了下来，落下团团光斑。我回到车里，打开暖气，急忙掏出手机，我打开朋友群回了徐朗出现后的第一条消息："你还活着？"

凌晨，没人回复我的消息。我驱车回家，越过河流等红绿灯的时候，手机弹出了一则好友添加提醒，备注内容是：你就当起死回生吧！

我通过了请求，把车停在一条红色枫叶大道上，我准备给他发一句"你好吗"，但还是把"吗"字删掉了，变成一句陌生人初次见面的问候语：你好！

"如果你还是这样，我觉得我们还是不要联系了。"我能想象此刻他在家里吧台或者阳台点着香烟给我打这几个字的表情。

"这种话说了那么多年，还不是再联系上了。徐朗，你还记得我们第一次在浦东机场见面的样子吗？"我没接他的话，自顾自地说着我自己想说的，事已至此，如果能真做到不再联系倒也算是奇迹。

突然，我的手机铃声响了起来，我接通了电话。那端传来再熟悉不过的声音，只是多了些沉郁，他说："记得，这辈子都忘不了。"

我也直接省去了寒暄的客套环节："我能把所有的事情再理顺一遍吗？人死不能复生，但友情是不是能有条别的出路？"

"呵呵，跟你联系我都能死而复生了，那你说说看吧！"他的声音似乎没了往日那份开朗。

"如果，如果我说完，最后我们还是不能解开误会、原谅彼此，那还按曾经约定过的，老死不相往来，你能做到吗？"我说完后，感觉到一股窒息的力量攥住了我的喉咙，我一直能体会我所谓生活里的不可抗力因素很大一部分来自那个潜意识里的自己——某一个痛恨着现在的我，我希望在这一点上，你永远不要告诉我你对此深有体会。我把车窗打开。

"你在外面？"他冷冷地问道。

"嗯，你答应我，如果还是不能原谅彼此，就按约定的不要再出现在彼此的生活里，无论遭遇了多大的磨难，即使像这次一样发生了这么大的事情，也不要再联系！"我说完气得整个人都在发颤，这件事只有一个真相，也只有一次被说明白的机会。

他迟疑了一会儿，对我说："你关上车窗，找个安静的地儿停好车，我听你说。"

我把车掉头停在河边，关了空调，打开天窗。四周密布着天亮前的寒气，一层白雾从山丘远处升起，从天窗看出去，还有几颗星星镶嵌在深邃微白的天空中。我对他说："我现在看到好多星星，每次天亮前，我都会想起我们在英国奋笔疾书的日子，今天也一样。"

"那是你们，我陪着你的时候，都是自己在一边打游戏或者玩儿。我现在也看着窗外呢，没看到你说的星星，只看到天空和一整片海。"他说完后，我听到他打开易拉罐的声音。

"你还记得你为什么去英国吗？"我问他。

"记得，我去找我女朋友，不对，前女友。不像你们，都是去求学深造，你是不是觉得我特别没出息啊？"他说话的口气还是那样，可能他自己意识到了我的沉默就是在告诉他我对某一方面的他的厌倦，便长长叹了口气。

"现在重情重义的人这么少，你是其中一个，我怎么会觉得你没出息？我们从浦东说起吧，那年上海冷得很早……"我说着，把座椅往后放平，看着天上隐隐闪动着的星辰。

我们憎恨彼此、无法遗忘、试图原谅、不愿错过的故事就是那样开始的。

一天是永恒的缩影。

——爱默生

01

从未
正式告别

雨 ｜ 浦东机场 ｜ 心情指数 ●●●●

当我西装革履地提着手工定制的公文包走进上海浦东机场的时候，我觉得我是世界精英区特派的交流使者，我清楚地知道我新的人生就要开启了。再过三个小时，我就要登上维珍航空的班机，在飞行十三个小时之后，我就要用英语与这个世界交流，这一切终于还是要发生了。那一天我的脸上散发出来的是一种与世界博弈成功之后的光芒，我甚至自恋地觉得整座浦东机场都被自己照亮了。

入关前，我拿出手机给我爸打电话，电话是占线的。

这是两周来我第一次给他打电话，前些天我们因为"波兰总统专机"坠机事件发生了争执。我是后来和很多同学交流后才觉得，和自己的父亲成天交流这些是一件特别"另类"的事情。

我和父亲在国际政治观点上总是有一些不一致，父亲的许多观点我不能认同，但当父亲看到我为了正义据理力争的时候，我总是能在他脸上看到耐人寻味的表情。他很满意我的成长，他总是和他身边所有的朋友炫耀他对我的教育经，他觉得我完全成了他需要我成为的模型，就像他做的琳琅满目的模具一样，他在我人生里扮演着绝对的启蒙师的角色。

入关前，我想给他打个电话，告诉他，爸爸，谢谢你终于成就了我。

可惜电话没拨通，于是我把手机放到了公文包里，顺势从公文包里拿出一瓶喷雾和一张创可贴。我把喷雾喷在新买的硬皮皮鞋的磨脚处，这世界上应该没有太多人知道，对于磨脚的皮鞋还有这样的喷雾可以对付。然后，我在已经贴满创可贴的脚踝处又加了一张创可贴，隐隐约约地，我看到之前贴的几张创可贴都已经因为血的浸透而变成了橙色。

妈妈喜欢我穿正装的样子，她说被束缚着的我浑身散发着一种家教严谨的迷人气质。

为了这种气质，许多年前我便开始流血流泪。

事实上，当大多数人把成长描绘为进化、蜕变、学习的时候，成长对于我来说是一场声势浩大的灵魂泅渡，无数次我都以为我会在泪水中溺亡。打断我思绪的是一个女孩的声音，她戴着耳塞，看着我的脚后跟发出了一种诡异的叹息声："啧啧啧！"我看了看她浑身松垮的打扮，只上下扫了她一眼就已经彻底击败了她。

多年后想来，当时的场面滑稽透了，别人或许早已经把我可怜得一塌糊涂。

突然，我身边传来一阵啜泣声，我转头一看，一个和我差不多大的男孩周围围着一群亲戚为他送别。

在哭着喊他"宝贝"的人应该是他的妈妈，男孩欲拒还迎地抱了抱他的妈妈。这时候，一个中年男人抱住了他们母子俩，应该是男孩的父亲，但男孩立刻极不情愿地弹开了，他有些尴尬地看着我。我心想，小子，出国后有你悔恨的。

我看到他手上拿着和我一样的维珍航空的登机牌，便知道了他是同行的伙伴。

"好啦，妈，你放心吧！我这么大的人了，不会有事的！你看看人家，都没家人送的。"说完他们全家齐刷刷地把目光投向了我。我咳了咳，受到表扬的时候我总是会这样反应。

比如，我六岁开始一个人在私立学校生活，我妈妈夸我独立的时候。

比如，我因骨折独自在学校宿舍生活，老师夸奖我坚强的时候。

再比如，我奶奶去世，爸爸觉得男孩子哭哭啼啼不像样，我硬是没哭出来的时候。

"你是去工作的吧？也是去英国吗，孩子？"他身边的一位奶奶问我。

"我吗？"我指着自己问。

"奶奶，他一看就比我小，怎么可能是去工作的呢？"那个男孩说完冲我无奈地笑了笑。

"我是去念书的！"我走了上去伸出手准备和奶奶握手，顺势看了一眼那个看上去明显比我稚气的男孩的脸蛋。

老奶奶眯着眼看着我，并没有想和我握手的意思。她仔细地端详着我，接着伸出手摸了摸我的头，我的手尴尬地停在了半空中。

男孩急忙上前了一步握住我的手说："你好！"

"你好！"我看着他的眼睛，在心里开始默数：三，二，一。

然后松手，OK，完成握手的礼节。

"你去了几年了，孩子？我们家徐朗这是第一次出远门，如果他需要什么帮助，你要多帮帮他啊。你父母呢？"男孩的妈妈急忙上来和我打招呼。

"哦，没问题！我父母没过来送我！"

"你经常去英国是吧？父母对你应该很放心了。"男孩妈妈继续问我。

"不，我也是第一次去英国。"

"啊？那你父母怎么能不送你啊？"男孩妈妈说完后便把脸转到了男孩奶奶的方向，男孩的奶奶瞪了她一眼。

"我从小就擅长独来独往了，没什么怕的！爸妈从来不接送我的啊，我又不是不能自理的婴儿。"我说完又清了清喉咙，骄傲成了一只火烈鸟。

"就算你八一岁，做父母的也放不下心的，你爸妈也真是的！这都出国了，工作再忙也得来送一下啊。"男孩妈妈显然没看到男孩奶奶的眼神，继续愤愤不平。

我顿时有些不知所措，有些尴尬，但却依然微笑迎人，这便是迎战时最好的姿态。

你要知道，当年我妈和我爸因为突如其来的小三闹离婚的时候，在民政局就是这样的姿态。

每个周末父母接孩子回家而我没有人来接的时候，我躲在床底下，即使没有人看到，我也是这个姿态。

机场传来的登机提醒给了我一个离开这个窘境的机会，我和众人挥手再见，走进了海关。

我在安检口排队的时候，徐朗突然追了上来，他跟在我身后解释说："你别误会，我妈……"

没等他说完，我就抢先说："你妈当然没有恶意，最多算是一种偏见吧。偏见是自己个人主观的意向，也是一种自由。我尊重自由，尊重你妈，所以没事。"

队列继续往前走，很快就轮到了我，我冲海关工作人员笑了笑，把电脑从包里拿了出来，脱下了外套、皮带、皮鞋递给了海关工作人员。

徐朗在身后补了一句："你是学哲学的吧？你刚不是在骂人吧？他们说哲学系的骂人你永远听不出来。"

我一听，转过身对他说："当然不是，任何一种的自由在合法情况下，我都是尊重的，你别误会。"

"呵呵，你说得这么深奥呢。你哪儿人啊？"他说话的内容平平，感觉却挑衅味十足，就像在问我"你什么人啊？你以为你谁啊"。

"南方！"我回头说了一句，走过了安检门。

"是吗？我北方的，青岛。"徐朗随手从口袋里掏出手机一类的杂物放在筐子里递给了海关工作人员。

"青岛飞到上海坐飞机？"我举起手继续接受安全检查，海关人员两只手在我身上滑来滑去的感觉实在让我觉得不舒服。

"嗯。来这里直飞，很奇怪吗？"徐朗走到我旁边，也举起手接受安全检查。

"没，我以为你们北方的都是从北京飞，北京比上海直飞伦敦少了两到三个小时。"我走到安检机器后面把电脑塞进了自己的包里。

"你们北方？你喜欢这样区分中国吗？会不会略带歧视色彩了？"徐朗拿起我的外套递给我。

我接过外套穿起来对徐朗继续说："在我的理解里，歧视应该是在双方地位、利益、身份、习惯诸多方面产生巨大差异的情况下才会发生的一种低级情感行为。那么，你觉得我们南方和你们北方的巨大差异在哪儿呢？"

"你这句'你们北方我们南方的'，我就不喜欢，还是觉得你的话有歧视色彩。"徐朗继续和我辩论。

"这是你的手机，我的手机在那个筐里，帮我递一下。顺便问一句，我这样说话有没有歧视你手机的嫌疑呢？因为我用了'我的''你的'这样的定语。"在辩论这件事情上，我从来没准备给任何人让道，说完我提起公文包走出了安检通道。

徐朗又一次追上来对我说："哈哈，你赢了！你叫什么名字啊？"

"沈肯尼。"

"啥？"

"沈肯尼。"

"生什么？"

"没事，你怎么开心怎么叫吧！"

"好啊！有一套，小子。"

"就当成是称赞吧，嗯。"我和徐朗一边说着一边朝登机口走去。

这时候，我的手机响了，低头一看是我爸爸发来的短信：刚爸在忙，上飞机了吗？

我：没呢，和一个同学在聊天。

爸爸：记得你小的时候爸爸给你讲的富豪的故事吗？那是一个用人际关系建立起来的企业王国，你现在身边的人都是人中之龙，要学会建立人脉，他们就是你以后的财富。

我：好的。

爸爸：儿子，你真棒！爸爸为你骄傲。

我：谢谢爸爸！

徐朗斜眼看着我的手机说："和你爸爸还说谢谢？"

"嗯，你不说吗？"我理所当然地问徐朗，显然我对他的提问更加诧异。

他从包里掏了个东西，伸出手，握着拳似乎想递给我什么东西。

我握着手机，总觉得有什么不对，接着说："徐朗是吧？话说回来，每个自然人都应该尊重其他自然人的隐私权，比如私人信息。你不能因为你能看到我的手机屏幕，就理所当然地觉得自己被赋予了这样的权利。"

"我只是想给你一张英国的电话卡，我在淘宝买的。"徐朗打开手掌，手心中央有一张手机 SIM 卡。

"不需要！我到了英国自己买吧！"我有些尴尬，说完我们已经走到了登机口，我找了个距离登机口很远的无人区座位坐了下来。

徐朗坐到了我身边，把电话卡放回了书包里，继续用一种观察小白鼠的眼神观察着我。

半晌后，他问："阿尼，问个问题，你不累吗？坐飞机还穿这么正式？"

"不累。谢谢。"

"你有社交恐惧症吧？你不喜欢人多？"徐朗支着下巴侧着脸看着我。

"你说的是密集人群恐惧症吧？"我低头玩手机。

　　"天啊，你一定是单亲家庭的吧？"耳边继续传来徐朗无休止的询问。

　　"是啊，爸妈离了，还有什么要问的？"我侧过脸对他眨眨眼，似笑非笑地望着他。

　　"你看我问的什么破问题，换一个，你一直都这么直……直……直接？"

　　"不然呢？我应该弯一点儿？"

　　"我觉得对于你，应该是这样的才对。"

　　"……"

　　偌大的机场候机厅里，嘈杂的人声和扩音器里机械化的提示语音像是汹涌的洪水将人卷入深渊，海水漫过颈部，疯狂地涌入不同人的嘴巴、鼻子和耳朵里，脖颈像是被绳索紧紧勒住无法呼吸，想要尖叫，想要挣脱，或许我真的有某一种自己尚未察觉的恐惧症。徐朗见我没打算继续和他深聊，便低下头自行玩起了手机游戏。看着眼前令人厌恶的一切，我站起身，走到了护栏边上。落地窗外细雨绵绵，天空阴沉着，隔着玻璃窗也能感受到室外空气的湿意。偌大的停机坪被大大小小的飞机占得满满的，许多飞机在繁忙地起落，它们一天天按既定航线徘徊于世界每个落地港口。每一次的起飞是离别，每一次的降落是相逢，牵挂、祝福、留恋、忧伤萦绕在每个人心中，无论悲喜，人生还是按计划到了这一天。

我打开手机，滑动屏幕看着一幕幕曾经，照片停留在被我用眉粉化妆成中年大汉的妙龄女子 Carlos 那一页上，恍惚间，还记得她为我的故事流泪动容的样子，接着是总用夸张装扮调侃世界的精神病院女护士"保安哥"和手持鲜花眼中带着泪痕的沉伦。我不在，只期许沉伦还会在人潮涌动的街头遇见许许多多个我。继续翻动照片，我看到了曾经一个个轮廓分明的面容，他们在我的身上和世界里都曾经留下过伤痕，伤痕的作用可能便是积累到今天让我一个人在机场防护栏前失意迷茫。

我知道我沈肯尼有一天一定会把自己逼到这个境地的，带着满满的遗憾和悔恨，像一只寄居蟹一样拖着沉重的负担，只身潜逃。我还没完成约定，和自己的，和别人的，我以学业之名逃避了所有，既定的、友善的、真心的，我都辜负了。

我翻出 Jen 和沉伦的手机号码，反反复复地数着号码尾数，我想对他们说句对不起，我曾经答应过他们不去英国的，辜负他们似乎成了我背信弃义的最好证据。

最后，我把手机号码簿一滑，停到了爸爸手机号的页面，想了许多话要对我爸说，最后，我发了个短信给我爸：爸，戒酒这件事你已经对我承诺了许多年，你从来没做到过。我也不指望你能真戒掉，但爸爸以后少喝酒吧。暑假回来的时候，你让我抱我"弟弟"，可能因为他不是你和妈妈生的，我拒绝了，一定伤了爸爸的心吧？对不起！我没真正意义上恨过你，爸。最后，请爸爸遵守诺言，不会再去骚扰妈妈了。

然后我给我阿姨（我爸爸的新太太）也发了个短信：恨过你是真心的，怎么可以在我身边装作我朋友那么久之后，上了爸爸的床，最后和我爸爸结婚了呢？这几年一直试着去理解你，虽然现在依然没有办法做到，但至少没再像以前那样憎恶你了。我和阿姨定个约定吧，只要你真心对我爸爸好，我有一天一定会喜欢上你这位后妈的。

接着我给沉伦一直处于离线黑白状态的 QQ 留了言：真不打算再上线了吗？因为我选择了去英国，你就能选择消失不见？我想一定是因为我们又谈崩了。你一定要好好休养，事情还没到尽头，这一点你比我更清楚。对你，想说的太多反而不知道说什么好。

发完信息后，我把手机关了，转过身，注视着低着头玩手机的徐朗。他抬起头看了我一眼，朝我笑了笑，我也机械地朝他笑了笑，视线却变得模糊起来。

浦东机场的天花板在我看来是一块倒挂的钉板，无数密密麻麻的钢柱像一根根巨型钉子悬在众人头顶。我盯着那些钉子，它们也"盯"着我，不过是在往我的心里钉，我又一次体会到那种锐痛。因为灯光，也因为突如其来的疼痛，眼前开始不自觉地氤氲起一层水汽，头上的灯光也在一片雾气中变成了闪烁的星空。

可是哪有这么刺眼的星空，过分的光亮甚至让我开始觉得恍惚，我开始想象头顶的圆柱会突然倾倒出烈酒，我要找个能陪我喝一点儿的人，而这个人能听一听我的故事最好。

我走回座位区，坐在徐朗旁边的座位上，眼神涣散。

徐朗急忙从书包里拿出纸巾递给我说："想家随时可以和家人视频的，现在通信都这么发达了。"

机场传来最后的登机广播，我的心也传来告别的声音，在爱来临之前，我还未曾认识爱。

在迈向登机口的间隙，我最后看了一眼这块土地，这被细雨抚摸着的土地，与被明亮灯光照射的机场大厅形成鲜明的对比。这座孤傲的建筑一如过去的那些年，凛冽、孤冷。对我而言，离开这个承载过我所有爱恨记忆的城市是最好的选择，尽管它仍充满了混沌，但是，在我心里，伴随着离开，它已被密封。

在无论何时，现在只是一个交点，为过去
与未来相遇之处，我们对于二者都不能有
什么架打。不能有世界而无传统，亦不能
有生命而无活动。

——蔼理斯

02

天空区
对话

| 雨转晴 | 天空区 | 心情指数

上了飞机后，徐朗坐在离我十排之外的地方，我松了口气，还好不是在值机之前遇见，不然，登机牌座位连号的话，我得和他在途中唠上十三个小时。

我身边的位置是一个空位，这也算是上帝对我长时间飞行的馈赠吧，至少，空间大出来了许多。

飞机起飞前最后几分钟，我急忙掏出手机给我妈打了个电话。

"妈，我现在已经在飞机上了，你放心吧，我待会儿就关机了。"

我妈："去上海吗？"

可能是被徐玥一家的温情脉脉给刺激到了，可能是人生第一次开始觉得对父母不舍，我把头埋到座位最底下，捂着手机对我妈说："妈，以前我一定会和你说，这是因为你没问过我，你没关心过我，所以你才不知道。但我知道，这会让你更生气，所以我不说了，因为我不想再让你生气了。我待会儿要关机了，妈，到了英国我会告诉你的。"

"妈妈明白，难道一定要妈妈像其他家长那样很假地对你，你才觉得是爱你的？你不觉得很滑稽吗？妈妈对你的爱是实际、坚固且有力的，不是那些莺莺燕燕的宝宝贝贝。"

"OK，妈，我要挂了。那什么，关机了，飞机要起飞了。然后，妈，你让我最后说一句，那些爱不是假的，有时候这个世界可能因为多了你说的那些莺莺燕燕的宝宝贝贝才变得可爱起来吧。那些爱也一点都不滑稽，我觉得滑稽的是我们。但我爱你，妈妈，我也没怪你。"说完我把手机挂了。请不要因为这一段妄加判断我不是一个乖孩子，毕竟我的成长你没有参与。

我刚关了手机，就发现徐朗已经坐在我身边的座位上，他咧了咧嘴，露出一排大白牙，眼睛四处打着转对我说："我知道！隐私权嘛！每个自然人都应该尊重其他自然人的私人信息。我也不想听到的，但你讲话有点儿大声。"

我瞅了他一眼，把手机关了机放到了前椅后置袋里问他："有什么事吗？"

"噢，我就是想问你湿巾用英文怎么说。我得擦擦汗，我腋下湿了。我和她说 tissue（纸巾），她给我的是这个。"他继续保持尴尬的笑容，脸上已经憋得通红，手上举着几张纸巾，我感觉到一股强劲的血流涌动在我的血管里，试问，谁会把自己腋下流汗的事情和一个陌生人分享？徐朗似乎看出了我表情的变化，便转过头站起身想离开，现在在他眼里的我应该就是定时炸弹一样的存在吧。

"站住！你连这个都不会还去英国吗？ Wet wipes（湿巾）."

"什么普斯？"

我从口袋里掏出便利贴和笔给他写在纸上，对他说："Wet wipes."

"哦，好的，谢谢！"说完他开心地转过脸对一位空姐说，"Wet wipes，please！（请给我湿巾。）"

"湿巾吗？"空姐问他。

"你会讲中文？"他诧异地往身后倾斜了半米。

"当然！"说完，空姐离开了。

徐朗拍了一下手，喜笑颜开地对我说："懂了，她在和我调情吧？她想追我。"

"是吗？那恭喜你！"我拿起一本飞机上的杂志，内页全是飞机上提供的免税品清单。

徐朗无聊地环顾了四周一圈，继续自言自语："哇，这飞机真大！起来先活动活动筋骨。"

徐朗绘声绘色地学起了飞机起飞的声音。斜前方两个女生不耐烦地转过来看了徐朗一眼，看清徐朗的脸后，其中一位对另外一位说："又是去留学的吧？青春无敌啊！"

"你能坐好吗？飞机马上就要起飞了。"我渐渐对徐朗失去了耐性。

某种程度上讲，他真的有多动症。

"你这个座位又没人，我坐这儿能和你聊天打发时间。"他说完自顾自地脱了鞋，换上了飞机上提供的红色袜子。

"飞机上的座位是不能随意调换的。你这样，飞机的重心、可控性、稳定性都会受到影响，容易引起机身失衡，从而危及飞行安全。"我洋洋洒洒地把小时候爸爸对我讲过的飞机安全飞行的原理告诉了徐朗。

徐朗果然瞪大了眼睛看着我，然后他的嘴角缓缓地上扬了起来。

刚刚那位空姐走了过来，满脸笑容地把湿巾递给了徐朗说："快系好安全带！飞机马上起飞了！"

"这么关心我？"徐朗特别自然地反问空姐。

"嗯，安全带！"空姐侧着头对徐朗提了提嘴角。

"嗯，安全措施很重要。"徐朗变得变本加厉起来。

"嗯，很重要。"说完，空姐居然对徐朗鬼魅般地笑了笑。

我实在听不下去了，把杂志合起来抬头问空姐："小姐，你们航空公司准许你们像这样和乘客讲话吗？你们也太不专业了吧，公司培训的话术就这水平吗？你们是在调情吗？"

"两位先生，对不起，希望我能给你们带来舒适的旅行体验！"空姐说完朝我笑了笑，便以迅雷不及掩耳之势消失在了我们的视线里。

徐朗接着问另外一个空姐："我可以坐这个位置吗？"

"当然可以。"空姐说这句话时甚至都觉得我们有些莫名其妙。

"会影响飞行平衡的！"我补充道。

"没事儿！"说完，空姐笑逐颜开地去为其他乘客服务了。

徐朗用胳膊顶了顶我说："你干吗啊你，一个大男人磨磨叽叽的，别弄得大家神经这么紧张，把鞋脱了吧，多舒服啊！"

"你嗨了吧？在公开场合脱鞋？"我感觉得到自己的声音提高了几度，我诧异极了，接着许多脱了鞋的乘客都回过头瞪圆了眼睛看着我。

"大家都脱啊，不然给我们袜子干吗？要飞行十三个小时，你受得了吗？"说完，徐朗干脆把脚放到了座位上，抱着腿看着我。

"随便吧！反正我不脱。"

一分钟后，徐朗用手指戳了戳我问："对不起啊！阿尼，你是不是有香港脚啊？我给你介绍一个偏方，你家养猫吗？小猫平时不是喜欢舔人吗？我以前也有香港脚，后来啊……"

"你才有香港脚呢！"我急忙打断了徐朗，血管要爆了，救命！

"那为什么不脱鞋？你肯定有香港脚，我以前也有过，男人，很正常啊。我从你穿的皮鞋款式就能看得出来，我三叔有一款和你一模一样的皮鞋，皮鞋不透气，可以理解。"徐朗说完又戳了戳我。

"我这是复古，谢谢。"我有些气急败坏了。

"你好老派哦！瞧你，好容易生气！对不起哦，但是我觉得这双鞋不适合你。你很干净，但这双皮鞋，怎么说呢，给人一种油里油气的感觉，你不脱鞋就是因为这个吧？其实我刚才在机场就看到了，哈哈。"徐朗说完拍手大笑了两声。前排一个女胖子朝我们投来了不算太友善的目光，从她的眼里我读得出来：拜托别丢中国人的脸！

我把手放到额头上，跷起二郎腿，深深地吸了口气，在心里告诉自己："生气会导致气逆、肺胀等问题，对身体造成危害，所以你一定要忍。"

徐朗低下头看了看我的脚说："哎，其实你想脱吧？"

我气急败坏地猛一抬头，看到徐朗那一副正义凛然、稳健自信的样子的时候，听见自己天灵盖一带传来了理智碎裂的声音："你怎么这么闲啊？我只要把鞋脱了，你就闭嘴是吧？我一点儿都不喜欢和你讲话，你感觉不出来吗？"我一边说，一边把鞋脱了往座位下面一塞。

徐朗抿着嘴，眼睛骨碌碌地打着转。

我把头侧到了窗口方向，机舱内的所有嘈杂纷扰似乎都与我隔离开来。此时，灰蒙蒙的天空被雨水冲刷得湛蓝，正映照着晚霞的余晖，散发出耀眼的光芒。我的思绪随着窗外的微风也飘到了不知名的远方。恍惚间，似乎回到了那时的快乐时光。没有争吵，没有伤害，亦没有离别。几分钟后，飞机里响起了起飞广播，就这样，充满诡异和对未知恐惧气氛的飞机顺利地离开了浦东机场，也顺利地离开了祖国大地。

而我期待已久的日子被徐朗彻彻底底地毁了。

时间的步伐有三种：未来姗姗来迟，现在像箭一般飞逝，过去永远静立不动。

——席勒

03

天使之眼

| 晴 | 天空区 | 心情指数 ●●

　　飞机飞行在万米高空上，突然的颠簸使飞机像是失去另一半即将坠落的比翼鸟。窗外似乎触手可及的朵朵白云像极了街边小贩手上的棉花糖、田地里的棉花、满地素色妖娆的雪花，纯净而不染尘埃。我闭上双眼，感受着自己在云层里穿梭，就像插上羽翼翱翔天空的雄鹰，正向着自己目之所及的猎物前进。心绪飞扬间，耳机里传来 Ace of Base（爱斯基地）的 *Angle Eyes*（《天使之眼》）。

这首歌在我生命的不同岁月里充当过背景乐，可能因为那些场景都很特别，所以我才这么喜欢这首歌吧。歌声婉转回旋，记忆蔓延挣脱。那些悲伤沉痛的过往似乎都成了不可磨灭的凄美回想，那些细碎记忆中的点点滴滴正沿着回忆逐渐蔓延。

场景 A：

第一次听到这首歌是在我读初二那一年，我妈妈那时候在一个叫瑞丽的城市给爸爸做进出口业务。对了，爸爸有一个很大的工厂，那个工厂生产着许多出口东南亚的重型器械零配件。

一个一如往常的夜晚，我躲在卧室里戴着耳机听歌。

那段时间，我爸爸总是在下午的时候外出。深夜，卖保险的姐姐总会把他送回来。说真的，那段时间我还没预料到，我爸妈真的会因为那个姐姐离婚。那晚，爸爸回来后就在客厅里大声喊我的名字，我哆嗦着走到客厅，我特别害怕我爸，特别是他喝醉后的样子。他和那个卖保险的姐姐坐在沙发上，那个姐姐向我问候。

我挤出个极不情愿的笑脸，我爸呵斥："儿子！给爸爸来点儿音乐，英文歌，OK？"

我回答："好的！"说完，我出现了同手同脚行走的情况。我面红耳赤，心早就被那一声声像圣旨一样的命令给揉碎了。我身后传来了我爸的大笑声，我根本不敢回头——这时候，我身后可能随时都会飞来诸如钢化玻璃杯、皮鞋一类的东西。

我按下了播放键，音箱里传出来的就是这首歌。我爸很高兴，继续命令我："去给我接盆热水，过来帮爸爸洗脚。"我一听便赶紧去洗手间接水，当我把水龙头打开的时候，我看着镜子里的自己，觉得自己特别可怜。

爸爸是个善良的恶魔，这是我这么些年对他的总结。他崇尚的是绝对的正义，但行动上却伤害了他身边的所有人。

我把水端出去给我爸洗脚，这个我一点儿也不介意，因为我爸喝醉了，我理应伺候。但让我难堪的是，他身边坐着的是别的女人，是的，就算是一个我差点儿就要把她当成我姐姐的人，她也是一个外人。

她对我特别好，好到我信任了她，四处托人买林志炫的 CD 作为礼物送她。

给爸爸洗完脚，我端着水往洗手间走。这时候，突然身后一只鞋砸到了我头上——我知道，我爸爸肯定还是看出来我不高兴了。

我哭了，心想，刘阳应该多给我爸一些笑脸，多说几句话，不应该让他看出来的。当然，他没看到我哭，因为我背对着他，我到洗手间，打开水龙头捂着嘴哭了。我想打电话给我妈，但我不敢，我怕我妈知道些什么，那时候，他们还没有离婚。我也不敢确定我爸和那个姐姐有没有事情，我只是在每日期待着，他们不要走得太近，他们不能走得更近了。

我走出卫生间的时候，已经擦干了眼泪，然后我笑着问我爸："爸爸，我可以睡了吗？"

"滚吧！"

场景 B：

在我爸办公室，一记耳光重重打在我脸上。

我爸问："是你打电话告诉你妈我和你苏姨（那个卖保险的姐姐）的事情的吗？你妈打电话回来问了！"

我突然跪在了地上，这些年总是这样，他只要打我，下一句一定是"跪下"，所以我已经形成了绝对的条件反射。

"我没有说过，我真的没有！"说完之后，我才感觉到一种无所遁形的悔恨笼罩在了我的心里。

我突然反应过来，是啊，这件事我应该早就告诉我妈的，我连我妈妈都骗了。

"真的不是你？如果是你，我杀了你！"我爸坐在皮椅上，我跪在他巨大的办公桌前面。

接着，我爸又开始发脾气了，他把新买的惠普台式机、扫描仪、打印机全从二楼扔到了一楼。

其他办公室的人仍然在工作，没人敢过来阻拦——就算这时候他扔出去的是我，也不会有人敢阻拦的。

我爸一直有这种古怪的震慑力，他年轻的时候总是滋事，已经习惯了用这样的方式表达他的情绪。

后来，我爸离开了，剩下我一个人在办公室里。我爸办公室的座机响了，我没敢接，但它一直在响，我一想，万一电话对面是我爸呢？万一他要找我呢？于是，我赶紧站起来接电话。

"你电话都不敢接了不就是承认了吗？"里面传来了我妈的声音。

"妈。"听到我妈的声音，我哭得更凶了。

"是你啊，你爸呢？"

"出去了。"

"别哭了，你听我说，我已经知道你爸和那个女人的事情了，但现在他一定要我说是谁说的，他才肯承认，你就说是你说的。"

"我刚才说不是我说的。"我委屈地对我妈说。

"那你待会儿就说是你说的，我要和你爸离婚！你跟他吧！他可以给你最好的生活环境。"

"我不要！我不跟他，我要跟你！"

　　"他比我有钱，可以送你出国接受最好的教育！他可以给你一个企业，我得从头开始。"我妈依然很冷静，这就是我觉得我妈最厉害也是最可怕的地方。外人觉得这是她的优势，我觉得是硬伤。

　　"就算以后去乞讨，我也不要跟我爸！"

　　"那这个问题以后再说吧，你就说这件事是你告诉我的，知道了吗？你是他儿子，他还能真的杀了你？"

　　"好吧，那你能告诉我，你是怎么知道的吗？"我问我妈。

　　"是你姑妈告诉我的！"

　　"姑妈还是姨妈？姑妈不是爸爸的亲姐姐吗？怎么会？"

　　"是啊，别人看不下去了才告诉我！我是最后一个知道的，他们不是这一年的事儿，已经六年了。"

　　"什么？六年？她不是才认识爸爸一年吗？"我呢喃着。

　　"这一切都是假的！她出现的第一天就是假的！所有人都被骗了，你还把她当朋友？"说完，我妈把电话挂了。

　　我走出了我爸的办公室，回到了我的房间，躲在床上。

　　午夜，我戴着耳机听 *Angel Eyes*，浑身发抖。我不知道我爸什么时候回来，但就算他不杀我，我离死也不远了。

　　突然，我的被子被掀开了，我吓得哭了。

　　我爸特别冷静地问我："你不是说不是你告诉你妈的吗？"

"不要打我！"我一边哭，一边使劲往角落里退。

"我不会打你！对不起，儿子。"我爸离开了。

我整夜都在哭，枕头上湿乎乎一片，我把枕头翻了一个面。我在心里告诉我自己，这根本没有什么，一切都会过去的，现在你什么都不要想，只要睡觉就好了。我强迫自己闭上眼睛，不去看这黑暗里的绝望，可是眼睛却像瘫痪了一样不受控制。我不想再流泪了，可是眼泪却像没了停止按钮一样流个不停，我不知道我到底睡着过没有。

睡着了，眼泪也在流。

场景C：

沉伦质问我："你就这么见不得我吗？"

我点起烟对沉伦说："可能是吧。"

沉伦抢过我手上的烟说："你行啊你，都学会抽烟了。"

说完沉伦把烟头烫在我的手背上，我在笑，沉伦却流了眼泪。

我目不转睛地盯着沉伦，沉伦对我说："对不起。"

我对沉伦笑了笑："因为不能没关系，所以不要对我说对不起。"

沉伦笑了，哭了，笑了，哭了。

后半夜，沉伦把耳机塞在我耳朵里，传来了 *Angel Eyes*。

沉伦对我说："我好不了了，你也别想好。"

沉伦睡着后，我离开了。

场景 D：

我戴着耳机，听着歌。

预备铃声响了，我才往教室走去。

小洁站在教学楼下面等着我。

夏天，她穿了一身很清爽的衣服。

"这个是给你的。"她递给我一个饭盒和饮料。

我接过来对小洁说："谢谢！为什么给我这个？"

小洁："你不是说想要收到爱心便当吗？"

我回到教室，打开饭盒，看到了一个个被雕刻成心形的土豆块。

我把饭盒递给了同桌："你吃吧！"

"为什么？人家那么用心。"

"正因为用心了，所以我才不能吃，我吃了不就是接受了吗？"

"所以你要拒绝？"

"嗯。"

场景 E：

学校图书馆，我和礼燃在上晚自习。

礼燃拿着手机一直在玩游戏。打通关后，他各种无聊，坐到了我的对面，双手握成拳头垫着下巴看了我半天后问我："你每天面对同一本朗文词典，你不会觉得厌倦吗？"

我一边做听写，一边问他："礼燃哥你每天面对你女朋友，会觉得厌倦吗？"

他："你是我见过最牛的人。"

我："牛？是因为我可以一边听写英文新闻，一边和你聊天，并且准确地讽刺到你？还是说发生了这么多事情后，我还可以坦然地坐在你对面做听写？"

他笑了笑："都不是，是你居然敢去偷校长的假发。"

我停下笔问他："你怎么知道的？"

"校长已经好几天没戴假发了，而你那个装了赃物的书包刚好落我家了。学校现在在查监控，你说你是不是闯祸了？"

"他用侮辱性言辞说我爸妈离婚的事情，而且还动手扯我头发，我只是以牙还牙。"

"他是校长，学校有纪律，也无可厚非啊。"

"礼燃，你知道我从什么时候开始讨厌你的吗？知道了你是个软弱的懦夫之后，就像现在这样。如果是沉伦，现在只会替我出气吧。"

"这和软弱不软弱没有关系啊。"

　　"如果学校纪律里写了学生头发长违纪的惩罚手段是校长扯头发的话，那我就甘愿受罚。相反，现在违法的是他。"我看着礼燃的眼睛，他越来越让我讨厌。

　　"这是学校的规定。"

　　"如果这是学校规定，那校规已经违反了相关法律，对了，还有联合国《儿童权利公约》。"

　　"你这是要干吗？"

　　"起诉他！"

　　"所以说你沈肯尼牛，我知道你做得出来，谁的话你也不听。"

　　"礼燃哥如果没事就离开吧，你永远只会和我讲道理，朋友不是这样的，而应该是随时站在我的身边支持我。"

　　"就算你做错事情？"

　　"礼燃哥觉得我做错了？"

　　"法律上、情感上讲，你都是对的，可是你不担心这会影响你升学吗？"礼燃坐起身，显出一副苦口婆心的样子。

　　"邪不压正，这世界就是因为有了礼燃哥这样的人，才有了畅通无阻的潜规则，你爸妈都是守护正义的使者，如果他们知道你今天是这样，得多痛心。"

　　"正因为是你哥哥，才需要教会你在这个社会上生活的正确法则。

你继续这样，会吃亏的。"

"我这辈子都学不会，你省省心吧！如果一定要这样，就不要做我礼燃哥了。没事的话，礼燃哥就走吧，我要看书了。"

"认识你这么久，就没见你改变过。"

"礼燃哥没有自尊心吗？我让你离开这里。"

晚上，我坐在酒吧一贯的位置上给我妈发短信，说我准备转学的事情，酒吧放的歌曲依然是 *Angel Eyes*。

突然，手机收到了礼燃发来的短信，没有任何文字，只有一顶烧焦了的假发。

我迅速回了礼燃的短信："很早就认定了，你会是我一辈子的礼燃哥：)"

"：)"

有时失去不是忧伤，而是一种美丽。当我
们学会用积极的心态去对待"放弃"时，
我们将拥有"成长"这笔巨大的财富。

——村上春树

04

小憩时光

| 晴 | 天空区 | 心情指数 |

徐朗把头探了过来，指了指看不太清楚的陆地上的城市说："那
儿应该是圣彼得堡！"

我用纸巾擦了擦手，把纸巾放到了餐盘里，有些不耐烦地看了
看徐朗。

他指了指我座位前面的视频地图系统，又一次指了指外面说：

"那儿是圣彼得堡。"

"所以呢？"

"所以对不起！"他说完转过头自顾自地点了点头。

"所以对不起？什么意思？"

"我知道不应该打扰你，不应该烦你，更不应该对你说那些话！我想我伤害到你了，但是我真的是无意的。对不起，沈肯尼同学，我收回我刚刚说的所有话。"徐朗用一种近乎是新闻主播的语调认真地对我说。

"OK，我接受你的道歉！"我侧过身对徐朗笑了笑，"徐朗，但是我个人单方面给你提一点儿意见好吗？你几个小时前的行径真的会让人觉得你这个人没有家教，没有修养，我觉得你们全家的教育都失败了，希望你能接受我的意见。"

"什么？没有家教？"他把话接了过去。

"对啊，我们在这趟飞机上相遇，然后下飞机后分道扬镳，没有交集，所以我有话就直说了，希望你能记住今天。你现在会后悔就是进步，因为后悔的意义是教育的启发。"我也不甘示弱，那一秒我又一次完整地确定了一件事，我遗传了和我父母一样的基因，太多原则、规则这一类的东西。

"那我也可以说实话吗？"徐朗脸上没了笑容，也不伤悲，脸上是一种近似愤怒的神情，一种委屈和愤怒夹杂的表情。

"当然，你必须要说实话。你想对我说什么？"我倒是要听听他能扯出个什么让人绝对信服的理由。

"你太冷漠了，朋友之间开个玩笑是一件再普通不过的事情。你看看你的装扮，西装、衬衣、皮具，还有你胸口的这个纽扣，整个人看上去跟三四十岁一样，你甚至还去和我奶奶握手，你给人的感觉就像希拉里，还不是克林顿，克林顿起码比你要风趣一些。我应该不是第一个不喜欢你的人，我觉得你身边所有的朋友都很压抑，虽然不知道你父母是什么样的人，但我觉得你和他们应该很像。如果有家教就是像你一样拘谨、压抑、古板，还有像你现在这样，不苟言笑，那我宁愿我自己没有家教，因为这不是好东西。我觉得你身上的所谓的家教才是失败的。我可以断言，你身边没人真正受得了你，你才是那个需要记住今天这一课的人。"我一边听徐朗说，一边像以前在高中做辩论一样疯狂地搜索他的论点漏洞。

徐朗看了看我，嘴角微微翘了翘说："我英文不好，而且我有时候觉得中英文混讲挺傻的，但我现在想对你说一句，沈肯尼，You are pathetic（你真可怜）。"

"什么？"当我意识到他说的每一个字我都无力推翻后，有些心急如焚。

"You are pathetic，miserable（你又可怜，又悲惨）！"

"你不是要向我道歉的吗？这就是你道歉的方式？"我清晰地感觉到自己面红耳赤的整个过程。

"现在不想了。"徐朗一个字一个字清晰地吹在我的耳膜上。

"为什么？就因为我说你没有家教？那你又凭什么说我的家教是失败的呢？你的立场就是你不能接受别人的立场吗？"我终于抓到了一个可以推翻他的点。

"呵呵，我有特权！"徐朗想了若干秒后说。我的心开始窃喜，我知道他不是我的对手，但两分钟后，我顿时觉得自己就像徐朗说的那样，可怜、悲惨！

"特权？你嗨了吧？"我问徐朗，咄咄相逼。

"你不能说我没有家教，因为我爸爸死了。我爸爸做错了事情，被执行死刑了，所以你不能说我没有家教。你现在否认我就是在否认我爸爸，即便全世界都觉得我爸爸错得离谱，但他依然是这个世界上最爱我的爸爸。他被注射死亡的时候，我在距离死刑车不到五百米的地方。他给我留下的唯一遗物是一封信，信里只写了几个字：做个好孩子！"徐朗说得越来越大声，前排的两个人突然安静了。

我急切地想要去反驳他甚至斥责他的心情像是突然被一盆冰水浇得彻底的火苗，燃得快，灭得迅速，迅速到能感觉出我想要说的话变成某种实体被我硬生生吞下。

徐朗停顿了几秒，继续说："然后你今天说我没有家教，我知道我今天过分了，但我一点儿都不想这样，我只要不和人说话，我就受不了，我会胡思乱想，这才是上个月的事情。以前我打架、赌博，一点儿都不像个好孩子，我根本没办法做他要我做的好孩子！你相信吗？一个被执行死刑的人，在这个世界上最后的愿望是让我做一个好孩子。那你说我爸爸为什么不能是个好人？为什么就要被执行死刑？他知道错了，为什么法律不能网开一面？"徐朗的眼睛红了，眼泪从他高挺的鼻梁旁滑下来，我彻底语塞了，我第一次觉得自己的胜利是如此失败。

我想对徐朗说让他尊重法律精神，但当我意识到自己想说这句话的时候，我又觉得自己特别滑稽。

"我爸爸死了，然后你说我没有家教？这就像你指着我的脸说我没有爸爸教育一样，难道你成功的家教就是让你这样和别人说话吗？"徐朗吸了吸鼻子，委屈地看着我。

"我不知道这件事。那你，要我怎么样？"我知道我不善于安慰别人，但我不知道自己居然如此不会安慰，因为接下来我把手搭在了徐朗的肩膀上对他说，"徐朗，其实注射死亡没你想得那么痛苦的。死亡过程只需要一分半钟左右，先注射硫喷妥钠作用于中枢神经系统，这样可以增强 GABA（γ - 氨基丁酸）介导的 CI- 内流，减弱谷氨酸介导的去极化……"我一边做着手势，一边和徐朗解释。

他真的不哭了，而是诧异地瞪大眼睛看着我，然后他扼腕叹息，前排传来唏嘘声。

我知道我找错了切入点，顿时有些手足无措，我绞尽脑汁地想了想对徐朗说："死亡的前三分钟，大脑还没有绝对死亡，高等思维依然是可以进行的，所以你爸爸其实比你知道的多活了三分钟。我这样说也不会让你觉得好受些，对吧？"

说完我自己掐了掐自己的脖子，徐朗咬着唇突然破涕为笑，前排也传出了笑声。

"还有一句英文，You are weird（你这人真怪）。"徐朗靠着椅背对我说。

"好吧，我是怪，让我试试这样安慰你，看会不会让你好受些，"我坐起身按了呼唤铃，把餐盘递给了刚刚那位空姐，把手肘支在小桌板上继续说，"我从小时候说起吧。我六岁开始一个人生活，我爸爸用一辆遥控赛车把我骗到了一所城市郊区的私立学校。我整天想家想到哭，为了让父母见我，我到校长办公室门口抽烟，希望被开除。那时一个哥哥告诉我，骨折以后就可以见到父母，于是我小学骨折过一次，我很高兴，以为可以见到我父母。但后来只看到我爸爸，见到他时我哭了，然后我爸训斥了我，他觉得我太软弱。后来我一个寝室的同学偷了东西，东西被发现后，他一定要我承认是我偷了，不然就继续欺负我，我去承认了。班主任把这件事告诉了我家长，我家长不理解我，因为他们觉得他们给我提供了很好的物质生活保障，为什么我还要去偷别人的东西？后来，我升入另外一所学校的初中，我班上的许多同学都以为我真的是那个小偷，因为这件事，我好几年抬不起头来。那个班主任还在我的毕业留念册上写我爱贪小便宜，她叫李玉华，我这辈子都不会原谅她。这世界上有一些人遭遇的第一次暴力就是来自老师。"

徐朗转过脸认真地听我说着。

"还有，我爸爸妈妈对我特别严格，你看我这里。"我把头发拨开让徐朗看了看我头上的疤痕。

"这是我爸打的，不是什么特别不能原谅的事情，就因为我好几个月没回老家，在回老家的时候偷偷去看了看我以前的好朋友。我家在云南，他们觉得那儿的孩子很容易碰到毒品，所以不准许我和他们来往。我朋友不是那样的人，可他们不信，然后我爸和我妈试探我。他们先是告诉我他们要出去，两天后才回来。结果他们躲在我家门口，我一出门看到他们就吓哭了，就像个越狱被抓到的囚犯。"

说完我朝徐朗笑了笑说："现在觉得你不是世界上最惨的人了吧？"

"还有呢？"徐朗好像听上瘾了。

"你不信吗？"我反问徐朗。

"我当然相信，所以我才问你。然后呢，还有什么事？就说说你和你爸爸的事情。"

"首先，我绝对相信我爸爸是爱我的，我先澄清这一点。他只是过分严格吧，他每次打了我和我妈之后都会道歉。有一年过年，年三十，我爸到我妈家打了我和我妈，那是我最恐怖的记忆，他简直像个暴虐的魔鬼，我一直冲上去阻挡，想要保护我妈……地上有很多摔碎的玻璃碎片，我的背上到现在都有很多疤痕……所以我觉得我活到今天已经是奇迹了。我的右耳到今天依然经常会疼，也是他造成的。我还被罚跪，经常地，谁都不能扶，也没人敢，除了我奶奶和外婆。罚跪的原因，可能是因为我表弟在我家和其他小伙伴玩耍的时候摔到了脸，他觉得是我的责任，虽然我也未成年，但他就是那样觉得。

"所以，徐朗，我的人生不让我觉得有什么值得骄傲的。唯一值得骄傲的可能就是到今天，我沈肯尼从来没碰过什么旁门左道的东西，一直踏实认真地生活着。我的脚后跟有很多疤痕，这是总穿硬皮皮鞋造成的，妈妈喜欢我这样穿，她觉得有约束和规矩的人生才是正确的。衬衫也必须永远这样塞在皮带里，我不能弯腰，只能直挺地坐着。我脚背上有个大大的血管瘤。"我把脚抬起来让徐朗看，鲜红的创可贴贴在我的脚后跟上。

"所以，我不喜欢脱鞋，别人会觉得我奇怪吧，鲜血淋漓地穿着一双皮鞋，也可能会觉得我是因为虚荣。其实皮鞋是妈妈送的，而她总是会给我买小了号，我说过两次，但她没记住，我也不好意思再说了。所以，徐朗，这就是我的人生，经历过在最黑暗的时候，被影子抛弃的时期。因为常常走在刀刃上，所以性格才变得锋芒毕露，而即使是这样，我也要抬头挺胸地生活。因为我知道，总有一天我一定会成为不一样的人。"

徐朗全程盯着我的眼睛，而后，他朝我点了点头，有些不好意思地笑了笑说："你去哪个大学？"

"斯特林大学，你呢？"

"真的假的？斯特林大学？我格拉斯哥大学的。"

"嗯，好像格拉斯哥离我们很近。"

"三十分钟左右就可以到，我女朋友在你们学校，"徐朗说完神秘地朝我笑了笑，"听说你们学校闹鬼。"

"是吗？据说你们学校的工科男都患有狭隘的直男癌。"我咬唇反讥。

"哈哈，那我岂不也是？可是我们学校很厉害啊。"徐朗在发出"哈哈"这个声音的时候，明显是为了掩饰自己的气急败坏。当然，我这么说绝对也是在故意刺激他。

"我们学校出过很多名人，比如经济学之父亚当·斯密，还有英国首相等，你们学校呢？"徐朗笑得眉飞色舞。

"也很多啊，比如伊恩·班克斯，英国杰出的作家；朱迪·丹奇，奥斯卡金像奖得主。我再想想，我们学校是欧洲最美的大学，看过《勇敢的心》吗？"

"嗯。"

"华莱士最后被处决的地方，就在我们学校后山。"说完我对他笑着眨了眨眼，他不好意思地低下头。

"看来你真的很喜欢你们大学。"他垂着头带着笑容说。

"当然喜欢，而且你知道吗？将来我们学校的优秀毕业生名录里一定会出现我沈肯尼的名字。"我因为徐朗的刺激变得更加自大。

徐朗听了，用一种轻佻的语气问我："你去读语言吗？"

"谢谢，我小学就念英文学校了，你以后英文有什么不会的可以问我，再简单的都可以，别不好意思，比如刚刚湿巾那样的也可以。"

"我雅思考了7，谢谢！很多生活用语就是在书本里没学过，这很正常。"说完他抱起胳膊，表现出不耐烦的样子。

"噢，还真看不出来，不过你说得也对，现在的学校注重应试教育，就培育了许多智商高情商低的人。没事，你加加油，可以的！"

说完我朝徐朗点了点头，露出了鼓励的眼神。

"呵呵，你也是，加油！我们离得不远。"

"也不近，英国那么小，你知道。"我对徐朗说。

"我们挺有缘分的，我女朋友在你们学校，我会经常去看她，我和你说不定还可以经常碰面呢。"

"大家学习那么忙，我不认为我们有什么碰面的机会。"

"你又开始了，还是讨厌我？"徐朗的笑容有种笑里藏刀的意味。

"不会啊，谈不上。"

半个小时后。

"你刚说的那个什么内流？你继续说吧。"

"你确定你要听？"

"嗯，我想知道我爸爸死亡的过程，如果不痛苦，我会好受一些。"

"嗯，并不痛苦，我给你画图吧！"说完我拿出了笔和纸。

"你知道人体的静息电位吗？就是细胞膜内外两侧的外正内负的电位差，你只有知道这个，我才可以给你解释……"

飞机掠过云层，但对比着广袤的云海，它又好像是静止的。可是时间没有真的静止，太阳此时不同于清晨的刺眼金黄，而更像个红红的、已燃烧到最后的火球，飞机底下本该是连绵一片的白，也在夕阳的笼罩下渲染出浓烈的红。云接不住这些红色染料，缝隙中大量的红又奔腾着向下倾泻，于是人间也披上瑰丽。

万里高空中，两位成长环境不健全的男孩在激烈地交谈着，我们对未来充满了期待，也充满了恐惧。成长本来就是一件疼痛且麻烦的事情，我为徐朗感到痛心，却依然觉得父母的严格家教是值得骄傲和炫耀的事情。这样的教育是错误的吗？我不知道，我只知道，最终，我很认可今天我成为的我自己。

想起以前的经历，我会怨怒，会气愤，内心总是不小心就陷入一团乱糟糟的黑暗之中，但即使这样，你看，我依然生活得好好的，并且对自己出彩的未来深信不疑。

夕阳照在我脸上，我对徐朗说："请再帮我拿一张创可贴吧。"

他撸起袖子，起身帮我拿创可贴，我盯着他手上的疤痕看了许久，他问我："看什么？"

"没什么，想起了一个人，你女朋友一定也狠狠地伤害过你吧？"飞机继续突破云层，我接过创可贴问。

"那不是一般的狠。她当年扔下我一个人到英国留学，她欺骗了我，本来说好不去的。"他说着这样的话，脸上却是一种古怪的欣喜。

"那你还到英国找她？"我急切地询问，这会让我想起另外一个人。

"只要她心有所向，我就一定会和她去远方。"

"为什么？"我脸上的笑容越发明朗。

"因为我爱她啊。"他抱着手，歪着头对我笑了笑。

"谢谢！"听完我长长舒了口气。

"所以，你也在等人啊？"他往我身边靠近了一些问。

"嗯！"

命运给予我们的不是失望之酒，而是机会
之杯。

——理查德·尼克松

05

大洋彼端

| 晴 | 皮卡迪利线 伦敦地铁 | 心情指数 ●●●● |

在希斯罗机场出关后，我和徐朗两个人推着行李车朝机场地铁站走去，我自己推着四个箱子，徐朗推着三个，事实上，他手推车里的三个箱子里有两个是我的。

"我以为你就带了一个公文包呢，看来你这是搬家的架势啊，如果你没有遇到我，你准备怎么处理这些行李？"

"我当时就是一个人把这么多行李弄到浦东机场去的，这些对我来说都不是事儿。"

徐朗从口袋里掏出一张地铁卡问我："好吧，你去哪儿？待会儿我怎么使用这张地铁卡？"

"和地球上所有的地铁站一样，刷卡进，刷卡出。我要去 King's Cross St Pancras（国王十字圣潘克拉斯车站），你呢？"

"Leicester Square（莱斯特广场），那个地方会很偏吗？因为我到时候坐火车去格拉斯哥就是从那儿出发。"

"不偏，市区中心。就我知道的还是坐的士最方便，你不要相信那些攻略，我们搬不了这些行李的。"

"我查了，地铁对我来说是最快的，而且我只有一件行李，我应付得了，"他看了看行李后对我得意地笑笑，"攻略是真的有效的，你怎么就是不信呢？反正大家也分道扬镳了，我还会坑你吗？跟我走。"

我看了看行李，对徐朗说："OK，至少你还能帮我一小段时间。"

我和徐朗顺利地到达了候车站台，徐朗掏出手机在地铁站拍起了照片。他就像刚刚出生在这个世界的新生儿一样，眼睛四处张望，不时地发出细微的感慨声，后来，他索性把手搭在我肩膀上举起手机对我说："来，我们合照一张吧。哇，太酷了！这儿和电影里一样呢。"

我注意到周围有几个华人女孩对我们指指点点的，不知道在说些什么。

我把头凑到徐朗耳边，用嘴唇不动但自如说话的本领对徐朗说："你三点钟方向的位置，那几个人在笑话你呢，你别弄得跟第一次出国一样好吗？"

接着徐朗看了看九点钟方向的位置说："哪里有人啊？我本来就是第一次出国，不觉得这有什么好丢人的。"

"算了，那你离我远一点。"

"你又开始了，我说了你不要这么紧绷，你把你身边的人都搞得紧张兮兮的。"

我朝徐朗露出一个明朗的笑容，然后后退了几步，坐到了椅子上。徐朗继续摆着剪刀手在拍照，最后，那几个华人女孩走过来对徐朗说："你好，你是叫徐朗吗？这护照是你的吗？"

"啊？哦！谢谢！我刚拿地铁卡的时候落下了，太谢谢了。"

"呵呵，都是中国人，我们是同一个航班的。"

"是的，你们好！"

华人女孩海燕（我实在想不出怎么区分，暂且叫海燕吧）："可以认识一下吗？我们可以留个联系方式，相互有个照应，我们是第一次到英国。"说完，海燕指了指不远处捂着脸的华人女孩春梅（嗯，那个就叫春梅吧）。

"哦，当然可以啊。"说完，徐朗朝春梅挥了挥手，春梅红着脸娇羞地转过了身。

我看着眼前的景象，耳边突然回荡起《动物世界》的配乐，我想起了《阿格鸟跳求偶舞》的那一集。

海燕对春梅疯狂地招着手，春梅用一种惧怕却欣喜的步伐左摇右晃地走到了徐朗的身边，对徐朗说："你好，是不是该叫学长啊？"

海燕："对！你们应该比我们大。学长，你好！"

春梅："还是说中文得劲儿，你也是在伦敦念书吗？"

没等徐朗说话，春梅对徐朗莺声燕语地说："你的脸是天然的吧？哪里血统？"

徐朗："我？青岛的，血统是邯郸和山东德州吧，你哪里的？"

春梅："我？我南方的！你好幽默哦，哈哈哈……"

徐朗看了看我，大笑两声补充："哦！又一个南方的啊？哈哈！我北方的！"

春梅："嗯，但在国外，我们就都是中国人，是同胞！不用分得那么清，以后肯定经常照应的！对吧？"

徐朗顿时满脸绯红地朝我投来求救的眼神，春梅则已经神情忸怩地陷在了一整团的颔首低眉的情绪中。我朝徐朗眨了眨眼，装傻充愣。

地铁到来的时候，春梅的手心上已经写好了徐朗的电话。春梅和海燕活蹦乱跳地上了地铁，春梅转过脸对徐朗做了个巨恐怖的鬼脸，把我和徐朗吓得骨软筋麻。其实她只是稍微嘟着嘴一副恋恋不舍的样子，她大概只是想装可爱吧。

徐朗对我或者他自己说道："别灰心，肯定有漂亮的！"

徐朗和我还没来得及把箱子整理好，地铁就开走了，春梅停留在我眼里的影像是她面对着司机方向，上唇上翘，门牙咬着下唇，竭尽全力地发出气流声。我打赌，她说的那个单词是"F"开头的。

"你是故意的吧，错过和她坐一趟列车？我觉得你们挺配的，至少她会是你的一个开心果吧？"我消遣道。

"哈哈，那更适合你吧。你整天一副郁郁寡欢的样子，她这种弄鬼掉猴、花样百出的魅力应该很吸引你啊。"

"我发现你们山东人还有文化，讲句话成语这么多。"

"又开始了！你认识很多北方人吗？你们南方也不错吧，讲句话随时中英文夹杂，不知道比我高端多少倍。"

"我最爱的人就是山东人啊。你说的中英文混杂是那种，随时夹杂着'anyway'的说话方式？比如说我还是要加油的，anyway；我要去喝一杯宁檬茶，anyway；公司的事情还是要先做好的，anyway。这样吗？"我模仿着，自己已经乐不可支。

"哈哈，对，就是这样。"

"我也不知道他们为什么这样，其实我每次听到都很想笑。'You are pathetic, miserable.'你不是这样说我吗？你不也有这个毛病吗？哈哈。"我问他。

"语感你懂吗？如果我用中文来讲这句话，就没有这种效果了。"

"咱北方人儿不兴这个！哈哈。"我鹦鹉学舌。

"儿化音用错了，而且你前后鼻音不分，讲话有种港台腔的感觉。北方人很多都会刻意模仿港台腔，让我觉得很烦。"徐朗继续讽刺我。

"哦？酱紫（这样子）吗？我跟你讲哦，徐朗，你这样会让人觉得蛮奇怪的呢！嗯嗯！"我开始模仿起来。

"够了！打住！"

"哈哈，其实我真的是很喜欢你们北方人讲普通话，这辈子最爱的人就是这样的口音，只是我们现在不联系了。我觉得这种字正腔圆的感觉帅呆了，所以，以后我要去北方生活，学会你们这种特别好听的口音。"

"真会说！欢迎你来北方，我以前总觉得南方人不太喜欢北方人呢！"

"不会啊，对于我而言，这个世界只有人与人的区别，没有区域之分。如果按地域区分，不就是你说的地域歧视了吗？"

"那刚刚那个妹子说我长得像她韩国欧巴，你觉得那是褒奖吗？"

"在她的世界里，应该算吧！但我认识这么一大批帅哥美女，全是中国籍的，一点儿都不比韩国人差啊。那她这样夸奖你，你享受吗？"

"我还是宁愿别人夸我是山东帅哥，哈哈。"

"这不就对了！这方面我和你的世界观是一致的。"

"荣幸！"

"Same here（彼此彼此）."

徐朗看了看我，笑了笑。我指了指自己补充道："中英文混杂，南方人嘛！"

徐朗开怀大笑。

一切都是没有结局的开始，一切都是稍纵
即逝的追寻。

——北岛

06

比天空
更寂寞

阴 | 切尔西足球俱乐部 | 心情指数 •

这已经是我到伦敦的第三天了，我一个人住在酒店里，研究着每天从超市买回来的商品上的各类商标和英文备注。生活没有发生任何颠覆或者巨变，只是换了一种语言，在不同文化里继续和世界摩拳擦掌。

那年九月的伦敦是一座永远陌生的城市。它繁华、它时尚、它优雅，但也很冷酷，它是一个整体，可是你，只是一个孤独的、不知道能不能好好生活下去的外来者。就连那乌黑低沉的天空似乎都在向你炫耀着它的威慑，你一个人，微微抬头望着这压得人透不过气的灰蒙蒙的天，在人潮拥挤的十字路口，像一个无力的旁观者。这样的时刻很容易让人陷入这样复杂且负面的情绪中。

此刻，我正一个人坐在酒吧里，戴着耳机，刻意避开酒吧喧嚣的音乐。我的眼睛隐隐发红，拿着酒杯的手还会微微颤抖。以前我觉得这个世界充满虚荣、俗套、烦冗，价值观错乱，可直到现在这一切似乎还是找不到解决的突破口，我才明白，问题的根本是出在我的心里。与其说这是我人生一个新的启程，倒不如说眼下我一个人打着酒嗝，漫无目地想着很多人的这一幕，更像是电影尾声的一个归途场景。

我在经历了无数错误的覆辙之后，终于清醒了，在喧嚣世界的角落，我流下了悔恨、懊恼的眼泪。窗外，风声影动，秋风飘落留下片片残红，零落了一地。我很想念一个人，也想起了这辈子收到的为数不多但真诚倾心的誓言。那些声音都来自那个人，那个人曾对我说过：

"你记住了，沈肯尼，终有一天，就算比今天疼痛一万倍，我也要回到你身边。

"你就这么见不得我吗？我这一辈子这样没皮没脸地去纠缠的人，应该只有你一个了吧。

"你不就是去英国吗？怎么谈到回国不回国呢？地球就这么大，对于我而言，都不是事儿，我可以去找你。

"好吧，这次又准备去多久？要我等多久？你倒是说说看啊！半年？三年？十年？二十年？我很擅长等待的啊，你倒是说说看啊！

"有一天，你一定会坐在一个异国的酒吧，想着我所有的好！

"我这辈子的宿命，要么是为你而死，要么是爱你至死，你让我怎么选？

"在我的理解里，爱一个人到了极致也就这样而已了，你真的是我见过最薄情冷漠的人，可我还是爱着这样的你，我想这就是犯贱吧。我会犯贱一辈子，这不就是你要的玩命的爱情吗？对吧？笑什么？怎么又哭了呢？你就这点儿本事吗？"

上天和我开了一个巨大的玩笑，在我勇敢去追求爱情的年纪，遇到了两个人。为了其中一个，我愿意飞蛾扑火，粉身碎骨；而另外一个也愿意因为我而颠覆世界，与世界为敌。

你明知道这样的情感无论最后和谁走到一起，三个人心里都会留下一道再也无法抹去的灰霾，但还是开始了，于是也就只能不受控制地去放手一搏。

那些年的青涩懵懂已经变成了陈年旧事，我最后还是没能和其中任何一个人在一起。

我们现今已经变得通情达理、彬彬有礼、圆滑稳健，已经不能，也不再适合去做那些年少轻狂的事情了——至少，那一晚，在那个酒吧，我就是这样以为的。

酒过三巡，我结账离开酒吧。推开酒吧的门，空气像罩着一层挣脱不开的结着阴郁的网。路上的人很少，天空似乎以一种目光难以到达的高度隐在云层中，灰蒙中夹杂着干净的气质。我漫无目的地走在路上，没有既定的目的地。

我突然明白了莫泊桑的那句话："生活不可能像你想象得那么好，但也不会像你想象得那么糟。"

人们应该彼此容忍：每一个人都有弱点，在他最薄弱的方面，每一个人都能被切割捣碎。

——济慈

07

中立絮语

| 晴 | 肯辛顿公园 | 心情指数 ●●●● |

秋光明媚，涓涓细语在碧绿色的草地中徜徉。兴许，这秋是一抹剪影，像鲜亮的水彩盒，稍不留神，盒子里的色彩便会随着零碎的花瓣和一些火红的枫叶以旖旎绽放的姿态散开。

徐朗坐在我的身边，他的手掌支着草地，对我点了点头说："听我的，你爸爸会明白你想说的。"

或许是某种情绪得到宣泄，毕竟前两日我和徐朗在离这儿不远的Queen's Gate 酒吧聊了一整晚。是的，到了新环境需要新朋友，于是，两个已经告别过的人又坐在了一起，探寻自己早就知道答案的问题。在这种环境下，心情和身体都难得地放松下来，舒适的感受在这时敲了门，阳光也时不时透过树枝晃动的空隙偷偷在我们身上歇一会儿，那是一种久违了的温暖平和。

"你是说，让我告诉我爸爸，他对我这么多年的教育方式错了？我爸爸肯定接受不了的。"我和徐朗一样的姿势躺在草地上，两人面面相觑。

"是啊，你和我聊了一整晚，我都听不下去了，你需要告诉他，你一点儿都不喜欢他用这么极端的方式教育你。你不是现在有抑郁症吗？你就告诉他你去过精神病院诊疗过抑郁症。还有，你要告诉他，你人生中第一次自杀是因为家庭，你不开心的大部分原因不是别的，而是他们对你苛刻极端的教育方式。你需要告诉他，你六年级的时候从来没有偷过别人的东西，你是被人嫁祸了，让他看到事情的真相。最后，你最需要告诉他的是，你的成绩好不是运气，而是因为你努力，你不是说，你以前拿了第一名，他也只会在你们老师公开表扬你之后，对他们说这是你的运气吗？"

一大片金黄色的阳光洒在徐朗身上，此时此刻的他，头发变得柔软，衣服也携上了温暖的通透光泽，他坐直了身体，像上天派来的正义之神。

"我，我不知道，很多事情我已经和他说过了，但他是不会听我的。"

"把电话给我。"说完，徐朗一把抢过了我的手机，我没有去抢回手机，我需要一个理所当然的时机和我爸爸聊聊我的想法，徐朗的唐突似乎就是我等待多年的好时机。徐朗接着说："你知道为什么你一直不开心吗？因为你一直都活在愤怒之中，这种愤怒是对你父母的，所以你才这么不开心。你听我一次，我和你一样，相信你爸爸是爱你的。"

我点了点头，深深地吸了口气对徐朗说："如果我爸爸就此和我断绝关系，你来负责任啊？"

徐朗兴奋地站起身对我说："行，现在中国应该是下午五点多钟，我帮你拨号。"说完，徐朗在我的手机上迅猛地滑动了两下后把手机递给了我。

我接过手机，站起身，快步往公园出口方向走去。公园里人不多，三三两两地坐着、躺着，还有从门口进来的人，他们的神态是那样恬静，以至于对比之下的我，这个独自朝相反方向走去的人显得那么冷峻与孤僻。徐朗急忙跟上来安慰我："一点儿问题都没有，放心吧！"

电话接通了。

"喂？"

"嗯，爸爸。"

"嗯，儿子，怎么了？"

"爸爸，我有话对你说。"

"是不是钱又花完了啊？我和你礼叔叔说了，让他先给你两万英镑，我待会儿把他手机号发给你，他这几天刚好在伦敦呢。"

"啊？礼叔叔？哪个礼叔叔？"

徐朗朝我摇了摇头，小声地说："说重点！别绕开！"

"你礼叔叔啊，礼燃的爸爸啊。"

"啊？他在伦敦干吗？"

徐朗无奈地朝我笑了笑，耸了耸肩。

"他不是去送你礼燃哥吗？又不是第一年了，每年都送，真娇气！不是每个人都能像儿子你这样独立的。礼燃找你了吗？我不是让他在伦敦照料你一下的吗？"

"爸，你什么时候嘱咐他了啊？你怎么会有礼燃的电话？"我有些着急了，因为我根本不想礼燃知道我来了英国。我和礼燃之间不是普通矛盾——就是因为他，当年我才被学校劝退的。

"我没联系礼燃，只是有一次对你礼叔叔说过，估计他也忘记和礼燃说了吧。反正大家都在英国，出门在外，还是相互照应一下吧。还有别的事吗？爸爸正和几位客人在喝酒呢。"

"没事了，谢谢爸爸。"无巧不成书，我刚挂掉手机，就收到了来自英国本土的第一通电话。

"喂？肯尼吗？"

"嗯？你好，你是？"

"我是礼叔叔啊，我现在就在英国，你爸爸有东西让我交给你。"

"哦，礼叔叔您好！我爸和我说了。"

"哦，呵呵，那你在哪儿呢？我们过去找你方便吗？"

"我现在和我同学在一起呢，要不我们约在晚上，我过去找你们，礼叔叔？"

"好，那我让你礼燃哥把地址发给你啊。你也别等晚上了，下午就过来吧，带着你同学，礼叔叔带你们去唐人街吃顿好的，这洋人的玩意儿没啥好吃的，好吗？"

"不了，礼叔叔，我也是刚和同学碰面，他这儿也是弄了一堆东西说要招待我呢，要不下次吧，我晚上过去拿下东西就行了。如果您忙，您给我转账也行。"

"不行，叔叔得请你吃顿好的啊，就这么定了，哪能不见面呢！"

我也很长一段时间没见到你了，是不是和你礼燃哥闹矛盾了啊？两兄弟有什么不能解决的！"

"没，就是太忙了，也顾不上，我和礼燃哥哥一直在联系呢。"

"那就好！经常联系好啊，那行，我让你礼燃哥把地址发你。"

"好的，那谢谢礼叔叔。"

我把电话挂了以后，徐朗指了指我手机问："你亲叔叔啊？为什么不去见他？也跟你爸一样那么极端严格？"

"不是，就是一个叔叔，帮了我爸不少。"

"哦，了解，生意伙伴？"徐朗把手背在身后，意味深长地朝我眨了眨一只眼。

"你是想说官商勾结吧？肯定有能相互帮忙的地方，但不是你想的那样。"

"然后你说的礼燃是他儿子？所以现在碍于这种关系，又必须要社交？感觉你很抵触那个人，暴发户那种类型吗？能想象得出来，哈哈。但你又不是女的，你怕什么啊？他人品很差吗？"徐朗吊儿郎当地朝我耸了耸肩膀。

"恰恰相反，他是一个文质彬彬的人，对我像哥哥一样的人。但也像你说的，人品不太好，或者说，时好时坏——不对，其实也挺好的，只是立场不一样吧。唉，所以，很长一段时间没有再联系了，他现在也在英国，我以为他不知道我来了英国呢。"我找了个湖边的椅子坐了下来。

几只天鹅朝我们游了过来，徐朗兴奋地蹲在湖边朝它们招手，然后继续对我说："多大点事儿啊，谁没个小毛病啊，你别这么磨叽，搞得跟谈恋爱一样。你就是活得太仔细了，你不是说没什么朋友吗？你觉得有时候会不会是因为你有太多所谓的原则、规矩之类的东西？"

天鹅游到了徐朗身边，他突然用手溅起了水花，吓得天鹅转头拍着翅膀飞快地离开了。

徐朗开心地发出爽朗的笑声。我看了看徐朗痞气的样子，幽幽地吸了口气说："没有原则和规矩不就是痞子吗？你这个举动和那些没有教养的小孩有什么区别？"

徐朗一听，立马委屈地看着我说："你又要说我没有家教是吧？我爸爸……"

"OK，OK，又开始了，我没那个意思。随便吧，你怎么开心怎么玩吧。"我说完后，徐朗又发出几声爽朗的笑声，朝我摆出胜利的"V"字手势。

手机响了，另外一个陌生号码，短信内容——晚上 9 点见，The Wellesley Hotel（韦尔斯利酒店），地址：11 Knightsbridge（骑士桥），Hyde Park（海德公园），SW1X 7LY。我在大厅等你，记得这次把礼燃哥的电话号码存好了。

我站起身对徐朗说："走吧，我们买衣服去！"

徐朗站起身跟在我身后，我们不知道公园的出口在哪儿，便沿着蜿蜒曲折的小径一直往前走，反正总会走到尽头的。

徐朗突然快步往前走了两步，转过身，抱着胳膊倒退着走，裤脚一次次扫过嫩绿的小草。阳光穿过叶缝，洒落了一地的星星点点。在这难得一见的好天气里，他的笑容特别灿烂，水珠滴落在他的风衣上，又迅速滑落到了地上，不留一丝痕迹。

"不去见你叔叔和礼燃了？"他笑着问我。

"去见，不去怎么拿钱？你这衣服挺好。"

"是吧，我女朋友送我的。"

"真好！你觉得无论什么事情都能原谅吗？"我问徐朗。

"也不是，但你和你哥哥之间，我觉得没有什么不能原谅的。他又不是杀了你父母，又不是抢了你女朋友，还是说……"徐朗说到这儿突然顿了一下。

"都没有！快，说服我！让我原谅礼燃。"说着我继续往前走，前面出现了熙熙攘攘的学生人群，像是在做什么活动。

"我想想，就是那句广告词：心有多大，舞台就有多大。"徐朗支吾了半天，灵光一现的表情有些滑稽。

"这有什么联系？说服不了我，还有呢？"

"怎么没联系？就是说我们要学会宽容，我们自己也会犯错误，也要给别人犯错误的机会，不对吗？"徐朗继续后退着走。

"徐朗，你不行！你放过我吧！你的道理太浅显了，说服不了我。"我朝他摆摆手，倒觉得有些好笑。

"那我来认真的，我就是怕你觉得我太刻板，你不是不喜欢你爸妈那一套吗？"

"我爸妈那套，你来得了吗？他们和我的谈话都是从推理、论证和数据上开始，有时候甚至还会出现柱状图之类的。"说完这句话，潜意识里我也挺佩服我爸妈的。

"喀喀！宽容的论证太多了，我就只提出各家的精髓论点吧！儒家提倡的是仁政爱人，墨家是兼爱非攻，道家的话是无为而治，佛家当然就是慈悲为怀啦，甚至西方的基督教还提倡博爱无仇呢，这些都是劝人们懂得宽容待人。"徐朗说完得意地朝我点了点头。

"你说的倒也不是完全没有道理，你怎么会知道这些？"

"那就是你接受我的劝说了？"徐朗得意地点点头。

"不知道，我今晚会去见他。我这样问你吧，你可能不太懂我的意思，你原谅过不能被原谅的事情吗？"我说完，徐朗突然停了下来，愣了几秒，乌溜溜的眼珠骨碌碌地转了两圈后点了点头。

"谁？也是你这辈子最好的朋友吗？"我问了之后感觉自己倒是把问题全回答了一遍。

"两个人，女朋友、我爸爸，"徐朗说完摇头晃脑地补了句，"都过去了。"

"那你的原谅后来证明是对的吗？"

"对我爸爸的原谅当然是对的，对我女朋友，我不知道。"说完后徐朗脸色有些微妙的变化。在自己伴侣身上发生的不能原谅的事情就那么几件，我大概也能猜到是什么事情，于是赶紧话锋一转对徐朗说："走吧，我们去买衣服。"

我们走出了花园的小径，进入了学生群中，发现这里正在举行一个有关雨果的纪念活动，花坛四周插满了他的名言警句牌。我和徐朗走过去，其中的一句话让我找到了原谅的支点。

那句话翻译成中文大概是：世界上最宽阔的是海洋，比海洋更宽阔的是天空，比天空更宽阔的是人的胸怀。——雨果

创造万物的主宰给我们每个人都创造了一
种两个口袋的褡裢，不论是过去的人或
是现在的人，他们总把自己的错误放在后
面的口袋里，而前面的那个口袋是留给别
人的。

——拉·封丹

08

正义
哲学论

| 有风 | 酒店 | 韦尔斯利 | 心情指数 — ●● |

　　事情就是这样，一个秋风萧瑟的夜晚，在一片花团锦簇中，两个
以为再也不会碰面的人又一次见到了彼此。

　　耳边风声呼啸，礼燃穿着一件黑色的衬衫和一条黑色的西裤站在
风中，他手上拿着一支烟，见到我后自如地放下了烟头，他已经不再
是从前的礼燃哥了。（OK，香烟是我给他加的，你们知道他不抽烟的，

我这样写是想说他真的变了很多……)

最后一次见面的时候，他还是一脸清秀像阳光一样和煦的男孩。那一天，他没对任何人解释就离开了事发现场，他对我说去打个电话之后就没再回来，我一个人替他扛了所有的事情。事后，我被学校开除了，我爸妈因为这件事几乎把我送到劳教所。这件事到现在依然记在我的人生档案里，我人生唯一的污点就是他给我带来的。

但即使这样，他依然是明眸皓齿的礼燃哥。在我妈妈忙于生意、爸爸忙于家庭暴力的日子里，对我照顾最多的礼燃哥。他脸上依然是我们第一次见面时的恬淡笑容，我像个机器人一样控制好自己的笑容，朝他走了过去。

当我朝他伸出手握手的时候，我知道我依然是生气的。

"好久不见了，你一点儿都没变。不对，长高了。"礼燃笑了笑，没和我握手。在他准备给我一个拥抱的时候，我感觉到自己不自然地后退了一步。

他有些尴尬，急忙伸出手和我握手，我们都变了。

"礼燃哥倒是变了不少，你不能在这里抽烟的。"我指了指他手上的烟头。

"哦，对哦，你不喜欢烟味。"说完他急忙把烟扔进了喷泉里，我有些诧异地看着他的举动，他又急忙把手伸进喷泉里把烟头捡起来塞到了自己裤子的口袋里。

"我们去喝点儿什么吧，你吃了吗？"礼燃不自在地抓了抓肩膀。

"吃过了，我还有事，礼燃哥不是要给我东西吗？我拿了就要走了，我同学还在等我。"我指了指身后门口处，对礼燃露出了只对陌生人才会有的笑容，他应该能看到。

礼燃一听，便快步朝门口走去。寻觅了半天后，他对我说："没有人啊，你就这么不想和我说话吗？"

"我现在确实没太多话对礼燃哥说，我以为你会和我说点儿别的，比如'对不起'和'听我解释'之类的。"

"对不起，我对不起你，我一直在尝试联系你，但都联系不上。事情已经过去了，我们现在都很好，这不就很好了吗？"

"礼燃哥，我完全看不到你任何觉得愧疚的样子。"当我看到礼燃嬉皮笑脸的样子时，我突然觉得他已经永远不可能再是我认识的礼燃了。

"我可以承担，我后来回去过，你还要我怎么样？再把事情翻出来？我后来和我爸妈都坦白了，所以他们也觉得挺对不住你的。"礼燃脸上依旧没有愧疚的神色。

"礼燃哥对我来说是像哥哥一样的人，我可以接受你不去和我父母解释，但你一直也没有胆量去和杜至诚的父母解释。这件事，我这辈子可能都不会原谅尔！到现在他父母都觉得他儿子是因为去偷东西才弄成现在这个样子的。"

"我如果去解释，他父母会更愧疚的。"礼燃的眼睛垂了下去，没有神采。

"那也总比让他父母觉得自己的儿子是个小偷好吧？礼燃哥难道忘记了我当时跟你说我被别人误会是小偷，你说将来要那个人跪在地上和我道歉的话了吗？那种被自己父母误会成小偷的感觉糟透了。"

"你和他不一样。"

"有什么不一样？因为他以前抢过礼燃哥的女朋友？还是因为你们打比赛时他伤到过沉伦的膝盖骨？还是说最后他找人想要揍我？就算他做了这些事情，也有被原谅的机会。"

"他弄成这样活该！咎由自取，他就是个恶霸。"礼燃把他的理由详细和我解释了一遍，可能他已经练习了许多年，就等像今天这样说服我。

礼燃果然已经不是那个我记忆中的礼燃哥了，他说这话的样子让我十分陌生，他怎么变成了我厌恶的那种人的样子了？

我突然感觉到一阵愤怒。我把一些我早就想说的，现在更想说的话全吐了出来："礼燃哥说这句话的时候，我突然觉得对你所有的期待都没有了。你一定不知道杜至诚现在的样子，以前那么飞扬跋扈的一个人，因为我们的一次意外变成了一个没智商、浑身臃肿的人。有一次我在药店碰到了他和他爸爸，他爸爸居然还给我道歉，但该说对不起的人是礼燃哥，而不是他！杜志诚连对自己父母解释的智商都没有了，礼燃哥觉得安心吗？到了今天依然苟且地逃避着，这就是礼燃哥的人生信条吗？像哥哥一样的人，现在成了一个伪君子，这就是我对礼燃哥现在的感受。"

"你别说了，我带你去吃饭。"说完，礼燃抓起了我的胳膊。

我条件反射地用力甩开了手，指甲划过他清秀的脸，瞬间有了一道醒目的血痕。

"你还是一点儿都没变。"礼燃捂着脸对我说，脸色变得少有的不愉快。

"那我宁愿不要改变！礼燃哥就这样的水平吗？妈妈是法官、爸爸是警察的礼燃哥对正义的理解就到这个程度吗？你还是那个当年教会我去勇于直面自己错误的礼燃哥吗？那场事故带走了杜至诚的智商，也带走了礼燃哥的道德和良心吗？礼燃哥的正义哲学大概只有这么多吧？"说着我用右手拇指和食指比出一小段距离，然后两指合在一起变成了"零"。

他看着我的手，发出一声细微的叹息，朝我做了个似笑非笑的表情。

我转过身，听到了他走向我时，脚踩石子的声音，我知道他在试图挽留和弥补。我背对着他急忙往前走，我怕自己好不容易狠下的心会在看到他的脸的时候再次动摇。

"不要！不要过来也不要再跟着我！对礼燃哥总是会轻易原谅，但这次不会再原谅了，这是我最后的决心。"

"这会害死你！"身后传来礼燃的声音。

"你就当我死了吧。"我走出了酒店的大门，眼角没有一丝泪光，我想起了刚刚礼燃眼角眉梢的那一丝细微的软弱，心里有了一些悲伤的幻觉。

我很庆幸，在内心深处有一些道德的骨架支撑着我，这一切都来自一种不屈的能量，它们让我觉得自己强大无比，也有了与丑陋对抗的信念和实力。我深信有一天，它们会带我走出所有的黑暗，而我所到之处必定会留下恒久的光芒。

一阵大风迎面刮来，我回到酒店门口的时候，徐朗坐在台阶上等着我。

他对我说："陪我喝一杯，我女朋友又出轨了。"

我走过去拉起徐朗对他说："我没有原谅，我觉得你给我的意见是错的。"

"做得好！你是对的，沈肯尼。"

　　伦敦刮起了一阵大风，猛烈得像是要把整个城市吞没。风中夹杂了太多的瞬息万变，这座充满古典气息的城市像是在经历一场磨难，一夜之间，所有的树叶都变成了五彩斑斓的颜色。那些树叶在经历了最后的挣扎之后跌落在柏油路上，就像水洗牛仔上发出糜烂色彩的破洞。我和徐朗两个人坐在酒吧里，徐朗一直在喝酒不说话，我低着头看着手机，等着一定能等到的正义回归。

路是由足和各组成的。足表示路是用脚走
出来的，各表示各人有各人不同的路。

——三毛

09

曾经几许

| 晴 | 酒店 | 巴廖尼 | 心情指数 · · · ·

　　我整个人展开手臂趴在窗台上看着手机，等待着许多人和我联络：我的父母、沉伦、礼燃……可是我却没等到任何一个人的来电。他们中有的人我等了许多天，而有几位已经等待了若干年，我总觉得关怀应该是一种收益，这是我急需改变的错误价值观。

　　你看，我和你一样，有着不能言说、不愿承认的缺陷，身体上的、心灵上的。我最大的庆幸仅仅是我愿意承认和面对自己的缺陷。

我对周围的人产生了一种畸形的依赖，而这种依赖是长期未得到足够的关怀所导致的，这就继而产生了一个不能停止，抑或无法颠倒的恶性循环。

许久后，电话响了，我拿起手机一看是徐朗，刚刚闯进我生活才几天的陌生人。

"喂。"我直起身，把手掌挡在眼前。没有雾霾，伦敦正午的阳光像一把粉碎细微的小针。

"阿尼，你往楼下看，我在你酒店下面的超市门口，你看到我了吗？"听筒那边传来徐朗有些疲倦的声音。我打开窗户，俯身往下看到了徐朗的身影，他穿着一件墨绿色的毛衣，朝着我挥手。

"哦，你上来吧！"我朝他挥了挥手。

"不是，你能带着你的护照下来吗？我要买些酒和你喝，但店员硬说我看着不像成年人，第一次觉得长得年轻帅气也会给生活造成不方便。"

"我给你扔下去吧。"

"不是本人不能用，快！"徐朗朝我招手，我拿起皮夹和护照离开房间。

徐朗买了整整一纸箱伏特加和金酒，店员有些诧异地看着我们，徐朗解释说："For party（聚会用）！"

　　回到我房间的时候，徐朗一进门便自顾自地脱了皮鞋、毛衣，甚至还自如地跑到卫生间里翻出我的隐形眼镜护理液，清洗镜片后重新戴上，然后他把袜子脱了，平躺在客厅的地毯上说："终于舒服了。"

　　我把手放在窗台沿儿上看了看徐朗，又看了看桌上那箱酒说："希斯罗机场到处都是，你没必要在这儿买的。"

　　徐朗继续躺在地上侧过头看了看纸箱说："哥们儿，这是我们要喝的，不是带回国的。"

　　"我们？是指我和你吗？还是你真的有个派对啊？"我用右手食指指了指自己和他问道。

　　"我和你啊！"徐朗坐起来，活动着关节。

　　"呵呵。"我笑了两声，回过头看了看窗户外面。

　　窗外除了一成不变的街景，其余什么都没有，依旧是刺眼的白茫茫一片。

　　"笑什么？"

　　"没事，我以前最好的俩兄弟都有这毛病，酗酒。你是不是不开心啊？"我走到酒箱前，拿起酒瓶端详起来。

　　"你是想问我昨晚和我女朋友谈得怎么样吧？"他坐起身，一只手撑在地毯上，一只手滑开手机。

"没，那是你的私事，我不会过问，就是觉得你不太开心。"

"你和你兄弟他们也是这样相处？每个人都有自己的空间、隐私和私人生活？"说完，他把手机扔到一边，歪着头看着我。

"这不是每个人都要有的原则吗？"

"那多别扭啊，朋友之间应该是透明自在的，你一看就是那种只习惯被人关心，而从来不会主动关心别人的人。"徐朗说完用手指指了指我，嘴角微微上翘。

我感觉到自己的嘴角因为尴尬而微微抽动了几下，徐朗继续说："看吧！一语中的！"

说完，他突然灵光乍现般地站起来问："等等，这些天你不会没把我当朋友吧？"

"哪有这么快成为朋友的人？至少我和你不是，如果你觉得我太诚实不喜欢听可以忽略。你和你女朋友怎么样了？"我喜欢和徐朗这种简单的、你一言我一语的对话方式。这样说吧，我感觉徐朗在辩论、对话上和我不是一个段位的，所以轻松自在。

"待定状态，总比结束的好！阿尼，你觉得我怎么样？"徐朗拉了拉毛衣问我。

"你不会吧？女人才会在爱情里受伤后变得没有自信。"我坐到沙发上，看着比我稍稍年长的徐朗，似乎看到了自己曾经在爱情中笨拙的模样。那个陷入爱情中的自己，也陷入过一个由迷茫、忐忑、兴奋、羞涩和盲目织就的怪圈，甚至每时每刻都在担心无法给对方展现自己最美好的状态，担心自己每一个不完美的点都会在对方的眼里无限放大。

"客观地说，评价一下我，赶紧！"徐朗说完撩了下头发，变得异常精神。

"好吧。我身边无数个人被我说哭过，你确定你要听？"

"意料之中，"徐朗审视了我一圈，清了清喉咙说，"只要是客观的，你放马过来吧！但不准说家教！"

"那我说了啊。"我转了一圈旋转沙发说。

"等等，我先给你倒杯酒，看在这杯酒的分上，别太刺耳啊，我虽然是个爷们儿，但女朋友才刚刚背叛我呢。"说完徐朗娴熟地打开了两瓶酒。

"你确定？你懂英文吗？这个酒有多少度你知道吗？"我晃了晃酒瓶问徐朗。

"当然，我以前在国内就喝这个。还有，阿尼，看度数看的是阿拉伯数字。算了，你还是实话实说吧！我觉得你特别会观察一个人。准备好了，不用赞美，就按你的风格来！"徐朗用酒瓶碰了碰我的酒瓶。

"外表上，这一点不需要我来给你证明，无论是在地铁站还是酒吧里，从有那么多妹子和你搭讪来看，就已经很显而易见了，所以我觉得出轨的人应该是你，而不是你女朋友。你很体贴，不会让人感觉强势，然后其实你很有修养，这是学不会也装不出来的，所以我要收回我在飞机上对你说的你没有家教那句话，"说完我语速极快地说了句，"对不起！"

"什么？没听清楚！"徐朗已经被我的糖衣炮弹攻击得笑开了花，我甚至感觉到他头顶开出来了一朵巨大的喇叭花。

"对不起！徐朗，我收回我在飞机上说的那句话，我向你道歉！然后，这几天我早已把你当好朋友了，如果没有遇到你，我现在一定也在喝酒，不过是一个人。你是一个特别好的男孩，你知道你唯一不好的是什么吗？那就是在爱情上，你是一个弱者。昨晚你在酒吧告诉我，你来英国是因为你女朋友，我觉得很荒谬。"

"好了，说了这么多，铺垫完了，这是准备用恶言凌迟处死我的节奏啊！开始吧。"徐朗听完我说的，明显脸色好了许多，但我说的确实都是实话，并没有奉承的意思。

"说完了！"我对徐朗笑了笑，终于把那句迟到的"对不起"顺势讲出，我早说了，他和我不是一个段位。

"你不是说你朋友被你说哭了吗？我还以为你嘴多毒呢。"徐朗开心地舔了舔嘴唇，碰了碰我的酒瓶，又喝了一大口，脸色突然沉下去说，"她叫唐琳霏，比我大三岁，我们在一起三年了。认识的时候，她是我一个兄弟的女朋友。她怀了我兄弟的孩子，我替我兄弟照顾她。她当时爱我那兄弟爱得死去活来，要自杀，我就守在她身边了，后来，我和她在一起了，她把孩子打了。我兄弟三年前来了英国，我也知道了他们原来一直还在联系，去年她过来了，但我那兄弟已经结婚了。"

"然后呢？你兄弟又接受了她，在她离开他三年后？当时他知道你女朋友怀了他的孩子吗？虽然孩子已经没了，但她在怀孕的时候和你在一起，你兄弟能接受啊？"我问。

"你听得懂？你是第一个能听懂这个关系的人。"徐朗抓了抓头，有些害臊的意味。

"听懂了，你做了小三。然后人家和你好了三年后还是要去找原配，按照伦理剧的剧情设定，你最后不会有好下场。现在她不是又去找你兄弟了吗？所以你也别再纠结和挣扎了，还和她见什么面啊，该画上句号了。"说完我漫不经心地喝了口酒。

"我没做小三，当时他们已经结束了，我是在他们正式结束三天后才和她发生关系的。"

"三天？为什么不是结束三小时后你们发生关系呢？好吧，现在那个什么菲的不是又出轨了吗？那就说明她对他是真爱，你就成全他们吧。你们现在这样就算以后在一起了，你每天也会生气，只要她不在你身边你就会坐立不安，会忍不住看她手机，查到了你生气，查不到你心烦。两个人只要谈到忠诚、未来这些问题的时候，你都会突然爆发。你最后给自己的安慰是，反正有一天一定会离开这个人的，所以现在暂时忍受着吧，但你又会觉得你是在这个人身上浪费时间。这种求生不得、求死不能的感觉，就像即将饿死的人面对一个插了针头的冰激凌，吃了会死，不吃也会死，总之，糟糕透了。话说回来，你说她又出轨了，是对你还是对你兄弟？这不是我听不懂，而是你讲的话宾语不明确，虽然这在亚非语系里也不算是语法错误。"我说完喝了一大口酒。

"对谁出轨还重要吗？反正出轨了！讲得真好！你也有过类似经历吧？"徐朗坐到我身边用一种观摩的姿势支着下巴看着我。

"所以，徐朗，离开她吧！站在朋友的立场，离开她吧！ You deserve a better one（你可以找到更好的）。"

徐朗把酒瓶扔出一条漂亮的抛物线，落入窗台下面的垃圾桶里，他不再讲话。

我站起身，看着窗外不远处的湖面，阳光和煦，波澜不惊。水面上一些不知名的水鸟嬉闹着，鸣叫着，不时伸展的翅膀打碎平静的湖

许多事情就这样过去了，说好铭记的岁月也被遗忘了，

只是今天，回忆在空谷寂然、光雾凄迷间，还是拉开了想念回旋的序曲。

上天和我开了一个巨大的玩笑，

在我勇敢去追求爱情的年纪，

遇到了两个人。

为了其中一个，

我愿意飞蛾扑火，

粉身碎骨；

而另外一个也愿意因为我而颠覆世界，

与世界为敌。

如果你也到过英国，你一定知道，每年的九月，

整个不列颠岛都沉浸在一望无际的缤纷色彩中，是一年中最美的季节。

面，激起小小的水花，这些水花带着阳光的颜色，带着羽毛的柔和。我突然又恍了一下神，就像产生了错觉。

徐朗站起身，走到我旁边问："你故事没讲完，所以最后你是怎么离开的？你教我。"

"总有一根稻草会把你压死的，徐朗。"我转过脸对徐朗笑了笑。他和我年纪相当，却经历着与我前些年相似的感情经历，这应该又可以为自己的段位加一分吧，呵呵。

"所以你现在就是看破红尘的状态？不再相信爱情了？选择一个人？"他问道。

"我遇到过全世界最好的爱情，然后我错过了，我后悔了，所以我来了英国，总觉得那个人只有离开我才能生活得更好，所以不给自己留有余地地来了英国。"说完，我指了指酒，他拿起开酒器利落地开了一瓶给我。

"错过多久了？你如果这么爱那个人，我觉得你应该回去，你们还有可能吗？"

"没有可能了，我们之间已经隔着太多的人和事，甚至现在我在和你说话的时候，那个人已经在东八区安然入睡了。"

"那个人知道你这份情感吗？"徐朗这么问似乎是想找到他的爱情出路。

"那个人应该到现在都觉得是我决绝和冷漠吧。"

"我以为你是个没谈过感情的机器人，现在才明白你是被掏空心脏的机器人。呵呵，看来在感情上，大家都一样，公平。"说完，他又捡起手机，不知道在和谁发信息。

我站起来，转过身，看着伦敦城市的光影，我似乎真真切切地看到了想念的人的影子——你变成了天空、云彩、花园或者屋顶，每个地方都有一张你的脸。即使闭上眼，我也能看到无数细微的丝线在穿梭，最后它们依旧能编织成你精致的脸，然后像那晚一样，你开口对我说："你去英国多久？你倒是说个期限啊，三年？十年？二十年？我可以等你啊。如果你不回来，我可以去找你啊，你倒是说说看啊……"

我的宿命：缄默着发疯地想着你。这是我这一生都无法也无力去抵抗的。

天黑前，雷声滚滚，巨大的雷鸣声像要把天空震裂，闪电接踵而至劈开苍穹，落地窗倒映着破碎的闪电。

徘徊在醉倒边缘的徐朗在我床上蜷曲着，他喝了很多酒，但没吐，也没哭没闹。最后，他用尽最后一点儿力气指了指门对我说："阿尼，你陪我去找她可以吗？最后一次。"这时候的他和曾经的我一模一样。那时候，我身边的朋友硬生生地抽了我一记耳光说："你怎么这么贱！"

而我只是走到床边，扶着徐朗的头让他枕到枕头上，替他盖好了被子后说："好，我陪你去。"

然后，我关了灯，走出了房间。我住的酒店在公园附近，我裹着硕大的黑色风衣走进了公园里。手机突然响了，是一条短信：你住哪儿？

我把地址迅速地回复了过去。

短信又来了：还跟礼燃哥闹情绪呢？那礼燃哥现在去找你？

我回复：不了，礼燃哥明天下午四点左右过来吧，我现在去喝点儿东西。

他：一个人？我开车过来找你？

我：一万个人。

那些听不见音乐的人认为那些跳舞的人
疯了。

——尼采

10

至痛无声

| 多云 | 巴廖尼酒店 | 心情指数 |

礼燃坐在我对面，我们之间隔了一张铺着红色桌布的桌子，地上是红色的地毯，墙壁上是一幅法国革命题材的油画，这为我们增加了一种即将同归于尽的苍凉感。

他把手肘架在桌上，双手合掌，修长的食指轻轻抵在鼻尖上，眼盯着我，问我："准备什么时候去学校？"

"这两天就去。你别那样呼吸，你每次憋不住气就这样，把我的东西给我，然后离开我的房间。"我拿着手机发着短信，三秒钟前徐朗给我发来短信：我到你酒店路口了，火车票已经买好了，我给你拿上来？

"你现在是不是很讨厌礼燃哥？"礼燃问我。

"嗯。"惯性地回答完礼燃的问题后，我给徐朗回了短信：你就在路口等我吧，我待会儿下来，这儿有位客人。

"就因为杜至诚那件事？那是意外，我们谁也没想到最后事情会变成那样。"礼燃坚持用他的方式和我解释。

"对啊，确实是意外。你最好这辈子都别患上 PTSD（创伤后应激障碍）。我爸不是让你给我东西吗？你给我然后就可以离开了。"

"这几天礼燃哥带你在伦敦转转，后天我开车带你回学校，斯特林和爱丁堡特别近，你要不要考虑住在爱丁堡？这样方便一些。"

"不用了，本来就没打算让礼燃哥知道我来英国。"说完，我把手机扔到了一边，看着礼燃，我的眼神一定充满了挑衅的意味，因为他转过头看了看窗外，无奈地笑了笑。

"除非把你安全送到斯特林，不然我不会把东西给你的，我今晚在你这儿住吧。"说完，礼燃站起身把外套脱了挂到衣架上。我不懂为什么我都把话说到这种程度了，他还是不痛不痒的，像是什么都没发生、什么都没听到一样。我开始有些气急败坏。

"礼燃哥没有自尊心吗？你要干吗？"

礼燃笑着摇了摇头，不接话，打开了吧台上的纯净水，自顾自地倒了一杯。

我气急败坏地走到房间门口，打开门对礼燃说："你走！我不要你手上的汇款单了，我没钱我让我爸再给我打钱就完了，拜托你不要像腐烂的'腻'青一样黏着我。"

"腐烂的腻青？是沥青吧，每次一激动你就容易'n''l'不分。再说，沥青会腐烂吗？"礼燃使劲儿憋住笑，憋得面红耳赤。

"是，腐烂的沥青，礼燃哥对我而言，就是这种玩意儿。你也好奇怎么会有腐烂的沥青吧？我也好奇这个世界上怎么会有你这样的人！你不走是吧？那我走！"说完，我回到房间，拿起沙发上的手机往门口走去。

"站住！你去哪儿？"礼燃一把扯住了我的胳膊，但我还是挣脱了，挣脱不了的都是那些不想真正离开的人。

"除了这儿，哪儿都可以，你现在怎么这么野蛮？你要打我吗？"

礼燃关上房门追了上来。我走到街道上的时候，徐朗正低着头玩着手机，看到我和礼燃，他上前一步准备和我打招呼。

礼燃则反复对我说着一句话："礼燃哥错了！你别激动。"

我还是绕开了他，对他说："你是要逼死我吗？你要是再跟着我，我立马朝马路上跑。"

礼燃拿我没辙，他双手握拳站在原地对我说："你说我要什么？你觉得你沈肯尼能给我什么？给我名？给我利？都不是！是，我以前犯过错，我也愿意承担错误。对于很多人来说，我是一个十恶不赦的恶棍，但你有没有想过，即使是这样，这个恶棍依然是你的礼燃哥。你是我弟弟，我不能看着你继续出问题。"

听到"出问题"三个字，我的脑袋"嗡"地进入了半麻痹状态，我转过身重新回到礼燃面前问："什么叫出问题？你女朋友又跟你说了什么？"

"你别这样。"

"礼燃！你说不说？"我指着马路问礼燃，徐朗走到了我身后。

"是你爸爸告诉我的，在国内的时候你去了精神病院，不对，是……是精神卫生中心。"礼燃还是撕开了我以为逃到英国来就不会再出现在身上的标签。

"那你怎么看？你是不是觉得认识我沈肯尼这么多年，现在才突然开始了解到我就是一个精神失常的疯子？"我感觉到眼眶在隐隐发胀。

"我只是想帮助你，你别闹了，你觉得我图什么？"

"那我爸一定告诉你我是无病呻吟、自作自受了吧？用那种滑稽和讽刺的语气告诉你的？"

"他不理解，但他是担心你才和我说的。可是我理解你啊，所以我才要帮你啊。"

"那你告诉我，你觉得我疯了吗？我要听实话！"我忍住眼泪用最后一丝力气问礼燃。

"你就算是疯了，也是我弟弟啊。每个人都有心理疾病，我只想你好起来！"

我转过身，看到了一脸错愕的徐朗。我走向他，他却恐惧地后退了两步，那两步的长度足够让我走到地狱的深渊。

街道上川流不息的车辆和来来往往的人群在我周围逐渐变得透明，耳旁听不到任何声响，我仿佛被全世界遗弃，置身于极寒之地。内心的小怪兽开始叫嚣，我拼命地想要释放全身的低气压，它已经压得我喘不过气。

我想向徐朗解释，但我觉得一个疯子对他解释自己没疯，显然会让他更加笃定我的癫狂。我努力地维持着我的绅士风度，像极了马戏团表演杂技的小丑。不甘、窘迫、愤恨快要击破我心底的最后一道防线了。

我扬起嘴角看着徐朗，试图对他微笑，但太难了，因为伴随我这个举动的是满脸的泪水。他缄默无声，面无表情，瞳孔一直放大。我瞪了礼燃一眼，转过身离开，没有人追上来。

人人都是月亮，都有不愿让人见到的阴暗面。

——马克·吐温

11

带我去火星

| 多云 | 巴廖尼酒店 | 心情指数 ●●●● |

在徐朗一连给我发来上百条致歉的短信后，我决定看情况原谅他。看情况原谅他的意思是待决。他的短信可以分为几类：

一、道歉类

1. 对不起，阿尼。我觉得我干脆抠掉自己的眼睛算了，你那么好，怎么可能是疯子。

2.Sorry, sorry, sorry.

3. 对不起（A）对不起（B）对不起（C）对不起（D）对不起（E）对不起（这不是复制的）

……

二、为自己解释类

1. 刚好这几天晚上都看到你在服药，我问你，你自己吓唬我说是疯子吃的药，又碰上这么一茬。

2. 一开始见你就觉得你怪怪的，西装、皮鞋，冷言冷语，说实话，有点儿奇怪。

3. 我就是当时那一秒没反应过来，后来想想你是我见过的最好的男生，怎么会是疯子。

……

三、将功补过类

1. 格拉斯哥离斯特林也很近，要不然我租个大房子，你和我住，这样你房租也免了。

2. 我们家乡的海可漂亮了，假期你可以住我们家的沿海大别墅，你可以带上你的女朋友。

3.你如果回国不好找工作，我让我妈给你介绍，稳稳当当的。

……

四、火上浇油类

1.就算你沈肯尼是个疯子，也是我一辈子的兄弟，我陪你疯。

2.我也疯过，后来治好了，你不要排斥我！（这句明显是徐朗在胡扯。）

4.嘿，你也是一朵香菇吗？回我一句啊。

……

场景A：

所以在徐朗如此深刻检讨自己的情况下，我决定原谅他，但前提是先整他一下。我决定将计就计，装疯卖傻，不过我当然不会用"香菇"这种入门级别的把戏。于是我们把镜头穿过伦敦海德公园，对准酒店房间窗户，你会看到两个男生正抱着胳膊面面相觑。

"我很高兴，徐朗，怎么说呢，你能接受我的病情。"我脸上没有一点儿笑容，用脚踢了踢空气说，"过去。"

徐朗笑了笑说："哈哈，你故意吓我的。"

场景 B：

我决定来点儿狠的，不然吓不到他。于是我递给他一个杯子说：
"你知道在这个世界上不被人理解是一件多痛苦的事情吗？说实话，
有几个人能真正和我们这样的眼球相处？"

"眼球？"徐朗嘴角抽了一下，我知道他有些害怕。

"是啊，你看不出来我本身就是一颗大眼球吗？"说着我走到洗
手间拿了一瓶 500ml 的隐形眼镜护理液，剪开了一个口，给徐朗倒
了一杯说，"喝点儿吧！"

徐朗斜着眼看了我一眼，嘴角有些下沉。就是要吓死你，谁让你
当时伤害到我了，我得意地想着，一口喝掉了隐形眼镜的护理液。徐
朗被我吓傻了，我喝的确实是隐形眼镜护理液，我高中时每次跑完
1000 米都会喝一瓶，常人无法理解。

场景 C：

"我去穿件衣服，赤身裸体地和你聊天感觉不太礼貌。"我穿着一
身睡衣和徐朗说。

在我转身的时候，徐朗急忙抓起我桌上的皮夹，他在翻看我吃的
药的药名，当然结果就是我被揭穿了。

"你这个骗子，你刚刚真的吓到我了！"徐朗恍然大悟地对我说，

我站在他的身后朝他笑了笑。

但他的脸色接着就沉了下来："劳拉西泮，我之前见过，我爸爸离开后，我妈就在服用这个，你也是失眠吗？但这个盐酸什么西汀片的是干吗的？"

"帕罗西汀，一样是治疗抑郁症的，你妈有抑郁症吗？"

"对啊！其实我只是不敢问你，我第一次见你就觉得你可能有抑郁症，你的衣服裤子基本都是黑色的，然后你和你家人关系又这样，也没什么朋友，呵呵。"徐朗越说声音越小，估计他自己也觉得我不太喜欢听这些。

"你去精神病院就是去看这个？"徐朗走到我面前，这是这些天他与我距离最近的一次。

"怎么？你也觉得精神病院只看精神分裂吗？就是因为这样的认知，才有那么多人觉得我成了个疯子。你知道那种朋友聊起你的时候，在脑袋这里画两个圈的感觉多让人讨厌吗？"我坐到了床上，徐朗也跟着坐在了我身边。

"阿尼，我先给你一个拥抱吧！"徐朗迅速地抱了抱我，然后站在我面前说，"我是基督徒，我以主的名义发誓，我接下来说的话都是实话，你一定要好好听我说。如果以前想和你做朋友的程度是 3 分的话，那现在是 100 分。很多人都不理解抑郁症，我以前有个特别疼我的叔叔，他是一个特别有钱的人，这么说吧，在青岛他有几块特别好的地，卖了那几块地就能赚好几个亿，你明白吗？不需要经商，不需要手段，就单纯地卖那几块地。但是他一直都不开心，我家亲戚都说他是太闲了，说他矫情。后来，他被诊断为抑郁症。家里人都没这个意识，觉得抑郁症是洋玩意儿，都没重视。最可怕的是我叔叔自己也觉得抑郁症很丢人，因为就像你说的，很多没常识的人会把这个病和精神分裂症混为一谈。最后，直到我叔叔自杀，大家才意识到问题的严重性，可是已经太晚了。我叔叔还在遗书里慨叹'为什么要得这个病'，到生命的最后一刻，他都觉得这是一件丢人的事。所以，阿尼，你一定要好好治病。你看我妈，她才失眠一个晚上，我就带她去看了医生，开了药。因为失眠是很可怕的，连续几天都睡不着。"徐朗说完，我感觉自己浑身的鸡皮疙瘩都起来了，因为我第一次遇到一个能把我所有想说的表述得这么明白的人。

"我爸妈现在就像你那些亲戚一样，他们觉得丢人，不愿意让我治疗，说的话也几乎是一样的，说我是太闲了，闲出来的。让我绝望的是一向崇尚科学的爸爸，在我拿着医院检测的各项指标数据给他看的时候，他宁愿推翻科学都不相信我。"

"别怕！打起精神，你一定要好起来啊！你这么好的人，不会出什么意外的。"徐朗说完激动地捏了捏我的手。

"嗯，我现在不是挺好的吗？只要按时吃药，虽然进程很慢，但总会好的。"

"你能和我说说你的经历吗？是不是也因为什么突发事件？因为我对这个……"

"对这个特别感兴趣？"我问。

"怎么说呢，总有和我叔叔是被它杀的，想要找出凶手，但凶手后面还有凶手的感觉。"

"你真有意思，其实我也不算正式治疗，我看了许多这方面的资料。你知道的，我是不会相信那些所谓的'医师'给我的评断的，除非你给我一份检测报告。但我相信的是，在接下来这些年，我的病可能真的会发展成不好的结果，但没事，我不是已经开始治疗了吗？抑郁、焦虑，甚至得了神经性失眠我们都会去精神卫生中心，但好像你去过一次大家就会觉得你是去治疗精神病。我不明白，就算真的得了精神分裂，产生了幻觉，那病人本身就是受害者，为什么大家还会歧视他们呢？"我对徐朗笑了笑，他此刻像是一个精神科的专家。

"对不起，让你反感了，那算了。"

"没事，那就拜托你替我找出凶手吧！我是在一个家教极端严格的家庭成长起来的，记得小时候家里有一块特别大的黑板，在其他同学还在学习九九乘法表的时候，我就已经在运算万位数的加减乘除了。爸爸手里永远有一块湿的抹布，是用来擦黑板的，但除了擦黑板，它还有别的用途，呵，你知道被湿毛巾打到有多疼吧？我爸其实是个特别喜怒无常的人，他有双相情感障碍，当然，他是不会去治疗的。所以，他有时候喊我宝贝儿，一副恨不得把心掏给我的样子；有时候又往死里打我。那时候，我甚至觉得我这辈子都逃脱不了他的掌控，到了今天，他还是没有变。我妈则是个特别独立坚强的人，不会掉眼泪，不说谢谢你，不说我爱你，也不说对不起，连简单的生日快乐都不会说。不过我知道我妈爱我，这种感觉倒有点儿'父爱如山'的意味，但其实我是需要我妈有时候也温柔一下的，我毕竟是个人啊。"

"嗯，我都理解。"徐朗一直在点头，我第一次觉得和他交流是这么舒服。

"我一年级开始就去念私立学校了，一年才和父母见一到两次，也不知道是好事还是坏事。小学的时候我就很独立了，自己坐飞机，自己打的士，自己住酒店，然后在酒店一本正经地投诉酒店服务。在机场穿着小西装，身上挂着无人陪伴儿童卡去异地找我爸妈。看到同学和父母亲昵，嘴上一定会不屑地说那个人跟个小孩儿似的，其实心里嫉妒得要死。周末很多父母会到学校来接小孩，但我父母在别的城市，所以我没人接，这时候，我就会躲在宿舍里。有一次我躲在乒乓球桌下面哭，因为好不容易求一个同学陪我留校，他答应我后又反悔了。六年级时，我同宿舍的一个大个子男孩偷了东西，他要我顶包，不然就揍我，我顶了，顶到了今天，这个我和你说过。班主任在毕业纪念册上给我写的祝福语是'爱贪小便宜'，这句话到今天还刻在我的心里，我也才意识到，我根本就忘不了那件事对我的伤害。后来我和爸妈说了这件事，但那个班主任已经退休了，也就不了了之了。"

徐朗咬着唇，在控制着什么，他还是一直在点头。

"后来我转了学，对了，我这辈子转了很多次学，在各个地方都念过书，去过好几个城市和国家。这应该算是好的经历吧，虽然和父母关系就那样，但我却真的交到了很多好朋友，那种可以为对方纯粹地付出情感的朋友，他们对我来说更像是家人，不止是朋友。"

"就像礼燃和我这样？"徐朗拍了拍胸口问。

"嗯，挺多的，所以我虽然缺乏一些东西，但却得到了许多人不曾得到的。礼燃对于我来说，真的是像哥哥一样的人，还有沉伦也是。还有保安哥，她是个女的，只是我给她取了这个名字，还有Carlos、驴姐、虎姐等等，太多了。"

"所以你得抑郁症是整个环境造成的，不是突发事件。你高中呢？开心吗？"

"两极吧，特别开心的占到百分之五左右，特别不开心的占百分之九十五吧。"

"那你是躁郁症！为什么？就这么不开心？"

"因为恋爱了啊，把心交出去了，但一点儿也不后悔，世界上没几个人能这样疯狂地爱过，所以特别知足，今天再看，那依然是我人生里最宝贵的一段时间。拿命去爱，爱得浑身都是疤痕，好几次都有想杀了对方的冲动，也自杀过。特别扯是吧？但这就是我们每一个人的青春啊。所以，这辈子我可能都没办法再爱上其他人了，就算和其他人在一起，我也是在想那个人。现在没在一起了，我觉得活着的意义不是特别大。我不敢和其他人说这样的话，他们会觉得我太懦弱，而我觉得他们太没趣。"

"你看，你还说我呢，你不也是这样吗？"徐朗脱了鞋坐到床上，抱着腿。

"我没说你啊。你看你要去找你女朋友，我没有阻止你，也没说你做错了什么，相反，我尊重你的所有决定，就算我不理解也支持你。因为你这样做一定有你的原因，你的言语根本没办法表达你所有的想法，言语就像隐喻，而且，爱情是你和她的。"

"我想去找她，看看她，然后就离开，毕竟我也爱了她三年。"徐朗说完又陷入了一片愁云之中。

"看看她就离开，你觉得我会信吗？然后呢？你就回国，不在英国念书了？”

"嗯，来这儿不都是为了她吗？"

"如果是这样，你就回去吧！读了也没意思，也是混日子，这里可不比中国，没有真材实料，拿不到学位的一抓一大把。"

"其实也不是没有兴趣，我也想学，但觉得留在这里总会想着她。"

"那就回去吧！像我离开中国一样，总觉得离开了，才能和那个人不再有任何可能。"

他对我笑笑，我想了想对他继续说道："或者，按你说的，你先看到她，也许你就有答案了。对不起，我刚想到了自己，所以……"

"嗯，没事，你说得也对，但我有点儿不甘心。"他说完，抱起胳膊，皱着眉。

"太理解了，没事儿。"我觉得我把话题聊死了，我根本没立场去给徐朗任何好的建议，因为我从来没把自己的感情世界处理完美过。

不曾哭泣的年轻人是野人，不愿欢笑的老
人是愚人。

——桑塔亚那

12

一闪一闪
亮晶晶

| 多云 | 斯特林市中心 | 心情指数 |

如果你也到过英国，你一定知道，每年的九月，整个不列颠岛都沉浸在一望无际的缤纷色彩中，是一年中最美的季节。

这个季节里，红色和黄色的枫叶层层叠叠地堆积在树干上、草地上，在阳光的照耀下像涅槃重生的凤凰，炽烈地燃烧，火红火红的，给人以强烈的生命感。空气是湿润的，它总是调皮地在不知不觉间将绅士的西装和女士的洋裙打湿。

九月的太阳温暖不耀眼，它喜欢用光束泼墨云彩。彩色的云霓布满整个天空，像一幅油画，色彩艳丽。阳光透过云彩，我终于能理解为什么会有人痴情这落叶萧萧的秋天。

到达斯特林火车站的那天就是一个这样的下午。火车到站时，我无助地望了望自己的几个行李箱。我身边站起来一对中年夫妇，看到他们也准备下车，我主动给女士让道，让她先行。这时候，她热心的丈夫注意到了我和我的行李，便迅捷地帮我把所有的行李拿下了列车，接着夫妻二人帮我把行李稳妥地放到的士上后才离开。

司机问我到哪儿，我拿出手机准备给他看地图，他看了一眼建筑便回答说："Stirling Highland Hotel（斯特林高地酒店）."然后他告诉我斯特林是一座不算太大的城市，是一座古都，以前苏格兰的皇宫就在这座城市。

我问他皇宫在哪儿。他说这儿到处都是皇宫。我们没聊上几句话，的士就停在了一个陡峭的山坡上，我走下的士看到了充满古朽气息的斯特林高地酒店。

这是我人生中第一次来到斯特林这样一座城市，这里和伦敦、巴黎、苏黎世都不一样，它像是一座我驾驶时光机到达的城市。走入其中，我发现自己似乎置身于一个遥远古老的部落，烟雾袅袅，秋意阑珊。

一座石头桥、一片小山丘、一卷积雨云似乎都是虚无缥缈的刻画。恍惚间，我似乎穿越了一个世纪轮回，而那泛着沧桑印记的古老建筑、那满是破败痕迹的残垣断壁，都是这场梦中的凄凉画卷。

如果你有兴趣去搜索一下这座酒店，你就能看到它是那种西方电影里才会出现的有吸血鬼出没的建筑物。我打趣地问司机这栋楼得百年历史了吧，他却一脸认真地说或者更久远。

走进酒店我便能清晰地闻到旧木头发出来的一种类似酸腐的气味，我把几个箱子寄存在了一楼，仅拿了一个箱子上楼到自己的房间。

当我走出酒店的时候已经是黄昏时分了，天空像一盏巨大的幽蓝灯笼，发出隐隐的光芒。我走到街道上，遇不到一个人，我回到酒店问工作人员城市中心在哪儿的时候，他们告诉我，我现在所处的位置就是城市的正中央。

我有些不知所措，在这陌生的城市里，我迷失了方向，整个城市就像一个巨大的牢笼，周围是无边的黑暗，我像是穿越后游荡在异国的亡魂。我没见过这么颓旧的城市，连《哈利·波特》里的建筑都比这儿年轻，所以你能想象我到了一座怎样的城市了吗？

路边的街灯静静地立着，笔直得像一个没有灵魂的卫兵，和这个充满陈旧感的城市如此贴合。街灯发出的光有些昏黄，静静地照在同样老旧不堪的街道上。看似平静的夜晚，一切事物都在骚动，细小的灰尘在灯光下颗颗分明，随着气流涌动，被灯光照着的那块地面上可以清晰地看到几只蚊虫飞舞的身影。

我穿着黑色风衣、黑色西裤、黑色皮鞋的模样，一定给这座城市增加了一丝古怪的趣味。我走过一个个路灯，分不清哪个是我的影子，哪个是我，仿佛我也同这片夜色融为了一体。最后，在街道尽头，我走进了一家咖啡馆，点了块起司蛋糕和一杯咖啡。我在餐厅遇到的所有面孔都在对我笑，我也本能地保持笑容，最后僵化，扭曲，异常。

他们在说着一些我听不懂的笑话，一点儿都不好笑的句子；他们都可以发出近似咆哮的声浪，有种苦中作乐的悲凉感。这种无奈萦绕着整个不列颠岛，也在日后的生活里被反复印证。

我沿着街道朝着山顶的方向一直走。夜色笼罩下的山丘显得格外寂静，置身在其中的我不能看清整个山丘的形状，一路经过的杂草树木像一个个幽灵，它们紧紧地盯着我。从小一个人的生活让我对周围的环境充满了想象力，这一定也是坚强的一种，我从未害怕孤单，只害怕别人觉得我孤单。我看不到任何的希望，这种过度的安静让我觉得自己成了一抹孤独的烟火，一个人，面色苍白地坐在一座异国的花园里。我坐在木椅上，树上的露珠滴落在我的脸上，夜晚的风吹动我的西裤，穿过我柔软的头发，黑暗里的树如人影一般窃窃私语，发出簌簌的声响。

我抬起头，看到漫天的星辉，一颗、两颗、三颗……散发着清冷的光，隔着跨不过的距离奋力地闪烁，整个世界笼罩在一片安宁中。以前和别人说好的，这辈子一起来英国看大本钟，一起看一次欧洲极夜的星空，一起看一次最美的夕阳，现在我一个人来了，你在哪儿？

午夜，我听到了不远处的教堂里传来了唱诗班的歌声，悠远嘹亮，穿透了整座城。一轮寒月挂上星空，我伫立在花前，看着轻风拂动间，花落满园。

我蜷缩起身体，人越发地昏沉。

终于，岁月流转之后，我到了一座陌生的城市，开始我人生最苦痛的一场泅渡。

但愿花凋叶落之时，你能坐在此刻的我的身边，让一切苦痛都变得有意义。

我好想你，也相信，这个时候世界的另外一个角落，一定有另一个你和我在仰望同一片星空。

时间是一只永远飞翔的鸟。

——T. W. 罗伯逊

13

苏格兰之谜

| 雨 | 斯特林大学校区 | 心情指数 ：●● |

在前往学校的巴士上，同行的全是不认识的陌生人。

有几个人在合唱一首歌，车里很多人都带着微笑在聆听，他们唱：

By yon bonnie banks and by yon bonnie braes,

Where the sun shines bright on Loch Lomond,

Where me and my true love were ever wont to gae,

On the bonnie，bonnie banks of Loch Lomond.

（在你美丽的湖畔，在你美丽的山坡，

阳光明媚地照在罗蒙湖上，

我和我心爱的姑娘久久不愿离去，

在那美丽，美丽的罗蒙湖畔。）

这是一首有好几百年历史的苏格兰民谣，歌唱的是苏格兰巨大的美丽湖泊罗蒙湖。

这就是我第一次听到这首歌的日子。那天阴雨连绵，窗外雾气缭绕，和着微雨轻叩的丁零声，袅袅娜娜地流淌了一地清韵。

雨丝在氤氲中点滴成串，静静镌刻着生命中远去的光阴。

而岁月流逝间，那份心灵的悸动、青春沙漏中那些窗棂下的喃喃细语，以及紊乱的心绪都被时光打磨梳洗得光滑而圆润。

听到"我与我的爱人有一天能在罗蒙湖再见面"的时候，我还没预测到罗蒙湖接下来会和我的一生有这么多次的牵绊。

罗蒙湖，到今天依然是我这辈子回忆最多的地方之一。

不光是因为爱情，在那个地方，我和许多朋友立下过真心不渝的誓言。

除了歌声，在巴士里也能听到许多听不懂的语言和方言，韩语、广东话，还有几个人说着完全听不出线索的外语。

我坐在巴士的二层，看着沿途而过的风景。我看到了宽阔的牧场，在草丛中闲憩的绵羊，蜿蜒的河流和风从树叶间轻柔划过的透明身影。

我看到了一座已经只剩断壁残垣的教堂，抬起头我看到了华莱士被处决的纪念塔，看到了全部被草地覆盖的苏格兰特有的山峦。

这就是我未来要生活的城市。

比起出国前的兴奋，我现在反而陷入了一种无法言说的未知情绪之中。

蒙蒙细雨里，巴士一个转弯进了一个类似公园的地方。这里绿树成荫，湖泊横跨整座公园，里面有许多不知名的水鸟，我能说得出名字的只有天鹅、鹧鸪、鸳鸯，这里就是一座与世隔绝的永无乡。最后巴士停在了一座图书馆的门口，我才反应过来，这个没有围墙没有大门的地方就是我的校园。

这座"全欧洲最美的校园"霎时就俘获了所有人的心，下巴士的时候你能听到一车的人都在用不同口音的英文称赞它的美。

我走下了巴士，走进了图书馆，偶尔能看到几张亚洲人的面孔。一群穿着蓝色 T 恤的学生朝我挥手，我走了过去，他们询问了我的专业情况后，两个男孩带着我去找我们学院的老师。

高个金发的男生叫 Phil，他一直询问我旅途的情况。可能是从昨晚到了斯特林开始就没有与人交流的缘故，我停在了一棵大树下面，问他们可不可以给我十分钟时间，事实上，我需要说一些话。

他们很友好地对我说我可以有任何抱怨，这就是他们需要帮助我的地方。然后我就从徐朗开始和他们讲述，抱怨完所有的情绪后，我对他们说："我在这儿是个新手，我现在还是不明白在飞机上我为什么会遇到一个一直和我喋喋不休交谈的男孩。如果像今天这样的交流可以让我舒压，我觉得，某种意义上说，我承认，我是需要你们的电话号码的，我需要朋友，坦白来说。"

Phil 脸上没有半点儿错愕，他拿过手机输入他的电话。一旁的黑发男孩也接过我的手机输入了他的电话号码，他对我说："我叫 James，我有车，你是新人，所以可能需要搬东西什么的，随时可以打给我。"

我感激地和他们握了握手，问："我是第一个这样的人吗？"

Phil 说："亚洲人里，是的，但完全可以理解，如果我们去亚洲也会这样，毕竟是个全新的环境。"

他们把我送到了教授办公室门口，我进了办公室，教授的秘书问我："你是 Kenneth 吗？"

我说:"对,你认识我吗?"

她说:"当然,整个学院都很期待你的到来,教授忙着准备今晚给你们的作业,我把他要给你的东西给你吧。"

我问:"为什么这么说?大家都很期待我的到来?"

她说:"你是第一个念这个专业的中国学生,国际冲突与合作,似乎中国的孩子们更喜欢念管理和商业类的课程,那样的课程似乎在中国更受欢迎。而且,你是我们这个专业创办以来年纪最小的学生,你见到你的同学就知道了,他们中很多人的年纪是你的两倍或者三倍。"

她一边说着,一边从抽屉里拿出一个牛皮纸的大信封,里面有一份欢迎信、一张课程表、许多打印好的辅助材料。信封外面用蓝色水笔写着"Dear Kenneth(亲爱的肯尼)"。

我走出办公室,Phil 和 James 还在。

我和他们一起走回了图书馆,一边走,他们一边和我介绍各种学校的设施,从学生健身房讲到了国家体育队训练的场馆。我一边听一边询问斯特林这座城市的生活设施,比如超市、房屋中介、中餐馆、车行、书店,甚至是百货公司,毕竟这些才是我现在需要立刻解决的问题,因为我需要在这里生活下去。

我在幻想着，幻想在破灭着。幻想总把破
灭宽恕，破灭却从不把幻想放过。

——顾城

14

颓怠与争取

| 小雨 | 斯特林市中心 | 心情指数 ● |

　　苏格兰秋天的雨水很特别，是一种特别细微的朦胧水珠。空气微凉，花瓣随风轻扬，又悠然地飘落，一起一伏之间，雨水的气味便混合了花香，伴着思绪徘徊，当你伸手想把它抓在手中时，它却从指缝间逃离了，丝毫不留痕迹。一如人生，抓得越紧，流失得越多，剩下的那一点儿你用手心握紧，可是打开手的一瞬间便又烟消云散。

我从书包里拿出雨伞，当我举着它，穿着黑色毛衣走在回酒店的路上的时候，明显感觉到自己有些格格不入了。

迎面走来两个和我年纪相当的男生，他们穿着背心，说着苏格兰口音特别重的英文，手上没雨伞。这时候，从士多店里走出来一个女孩，她穿着防水的风衣，和我四目相接的时候，她对我笑笑说："Drizzly Scotland（阴雨不断苏格兰）！"她的手上依然没有雨伞。我沿着山坡往城市中央走，一群刚刚放学的小学生穿着黑色的毛衣、黑色的西裤、黑色的皮鞋和白色的衬衫从我面前表情冷酷地经过，他们做着手势，表情和卡梅隆一样严肃，英国的小孩永远都那么早熟。他们手上都没有雨伞，头发、衣服和脸上都附着一层薄薄的水珠。

当我跟着小学生们走到酒店门口的广场的时候，一辆黑色的轿车门打开了。

礼燃从车里走了出来，他手上也没有雨伞，脸色有些苍白，他对我说："你这样看起来真的很像刚刚到英国的外国人。"

"我在这里本来就是外国人，因为这把雨伞？"我问他。

"嗯，就像刚刚到英国来念小学的外国人。"礼燃把手插在修身的防水风衣里。

一层薄雾笼罩在城市的山丘上，他的眉毛发梢上笼罩着一层晶莹的水珠。

"因为这身校服一样的装束吗？"我拍了拍身上的公文包问。

"对啊，你看看你身后的学生们，和你穿得一模一样，黑色的毛衣、西裤，白色的衬衫，除了你的皮鞋是棕色的之外，哈哈。"

"是啊，这一路走上来我都觉得很别扭，他们不打雨伞吗？"

"你还真相信淋雨会感冒吗？以你特立独行的个性，我以为你会更崇尚科学。"礼燃依然站在雨中，把手握成拳挡在嘴边咳了咳。我看了看自己手上的雨伞，立即感受到自己的格格不入。

于是，我把雨伞收了起来对礼燃说："好了，入乡随俗。"

说完，我克制住想朝酒店狂奔过去的冲动说："走吧，邀请礼燃哥去我房间坐会儿。"

礼燃笑了笑，捂着嘴咳嗽说："你不生气了？"

"生气只是对在意的人会做的事情，对于不在意的人和事哪有那么多精力。"

我们走进了酒店房间，礼燃脱了风衣外套，仔细研究了一番酒店房间的格局后对我说："除了阳台，我都不喜欢。你别不相信，英国真的有吸血鬼，特别是在斯特林这座城市，很多格拉斯哥和爱丁堡的吸血鬼都是从这儿出去的。你去过上面的教堂吗？那儿有一大片墓地，在那里经常能看到。"

我不耐烦地摇摇头，把外套脱了挂到衣柜里，对礼燃说："以前是沉伦最迷信，现在怎么连你也这样，你觉得我会相信吗？礼燃哥，除非你给我画出一个及血鬼的结构示意图，从生物学方面把所谓超自然现象分析成生物学现象，我们再进行之后的讨论。"

我坐到桌前，从包里拿出一份在图书馆打印的文件 *The End of the Cold War and the Dimensions of Globalism*（《冷战的结束与全球主义的维度》），礼燃走到我旁边看了看说："第一天就要开始准备这个吗？"

"没，但是先看着吧，这是两个月后要交的作业。礼燃哥把东西留下就可以离开了。"

"在英国学校虽然很难毕业，但不要给自己这么大压力，你的话，稳稳地能拿到学位。"礼燃抱起胳膊，斜倚在墙上。

"学位有很多种，要拿到荣誉学位才有意思吧。礼燃哥从什么时候开始变得这么随意了？"

礼燃又咳了咳，听得出是他喉咙里有东西的那种咳嗽，类似感冒的那种。

我侧过头看了看他，问："生病了？"

"哦，感冒了。"

"那还一起淋雨，真有你的！"我急忙从箱子里拿出几件衣服和一个吹风机递给他说，"去弄干吧！"

他摇了摇头说："没事，过几天就好了。"

"就算有多讨厌你，有多不能理解，受到过多大的伤害，你依然是礼燃哥，所以拜托你去换了吧。"说完，我把衣服和吹风机都放到了洗手间里。

他从口袋里掏出两串钥匙、手机和一个皮夹，放到桌上后就进了卫生间，随后里面传来吹风机的声音。突然礼燃的手机响了，我侧过头看了看是黎雪的电话，屏幕上出现了黎雪和礼燃的合照，爱丁堡城堡作为背景，两个恋人灿烂的笑脸看上去和普通情侣一样。

我拿着手机打开了卫生间的门，礼燃半裸着上身，穿着我的睡裤，对着镜子在吹头发。

他看了看我说："你衣服太小了，我实在穿不进去……怎么了？"

"你电话。"我把手机递给了他。

他看了眼屏幕又把手机递给了我说："没什么事儿，不用接了。"我接过手机愣愣地看着他。

他放下吹风机对我说："你又不是不知道，她也在英国。"

我说："我知道。礼燃哥，我可以讲真心话吗？"

"关于她的话，就不用讲了。我不想听她的事情。"礼燃说完，把吹风机打开，我拔掉插头。

"礼燃哥还是很爱她吗？你们交往了这么多年，应该是真的爱她才会这样吧？有几件事，前两年我就应该和你说的，但那时候我和你一直都没有联系。总之她并不值得你这样，我很不喜欢她。"

"什么事啊？又是高中那些事吗？都过去了。"他从卫生间走出来，从我床上拿起一块方格的毛毯披在身上。

"礼燃哥从一到一百分喜欢她的话，有一百分吗？"

"我说了我不知道。对了，你不会打算在英国念书期间一直住酒店吧？桌上的钥匙是给你的，我在爱丁堡租了一套很大的房子，那儿开车到你们学校也不远。你去买辆车吧，上课也方便，英国的车很便宜。"

秋天的英国，像是一幅浓墨重彩的油画，在清晨的阳光照射下能看到朦胧的水雾，透过云层反射在湖边的山路上，出现海市蜃楼一般的景致。

窗外，白天的景象尤其短暂，夕阳西下，似乎不出一会儿，大片的黑色便像墨水渲染宣纸一般蔓延至天空。窗内，我们两个人僵持沉寂许久后，我打开了房间的灯："礼燃哥就自己住吧，我现在还没有驾照，也开不了车。我再找找吧，会找到房子的。不行我就去学校宿管处看看，听说我一个同学在那儿大哭了一场后给她安排了宿舍。"

"别闹了，怎么能让你住宿舍。你别闹了，大不了礼燃哥开车送你上学。就算我同意，你爸爸也不放心。"礼燃说完又吸了吸鼻子，清了清喉咙。

"英国的宿舍也是单人间，没关系的。总之我不希望礼燃哥再和黎雪来往，她不是个好女孩。"

"知道了，礼燃哥知道了。然后汇票也在桌上了，你办银行卡了吗？"

"没，办了储蓄账户，交学费的时候办的。银行卡说要一个月才能办好呢，问我收信地址，我不知道写哪儿，所以还没办。"说完我把吹风机插头给他插好，吹风机发出轰鸣声，这次换他利落地拔掉插座。他皱了下眉，轻轻地晃了晃头，就和曾经我每次对他无理取闹时一样。

他说："明天就把汇票的钱转到银行去，这张纸和两万英镑的现金没有区别，千万保管好了，要不然礼燃哥帮你保管？你一个人拿着这么多钱多危险啊。"

"不用了，我明天就去办好。"

礼燃说完后走出卫生间，他摸了摸自己额头，喃喃自语了几句后，躺到床上闭上了眼睛。我走进卫生间洗澡换衣服，等我再出来时，他已经发出沉沉的鼻息声。我摸了摸他的额头，并没有发烧的迹象，便把毯子盖到了他身上，一个人走出房间。我想起了黎雪，憋了一肚子的火，我对别人的人生从来都是不愿意干预，也没有资格去评价的，但她确实不是值得礼燃那样去爱的人。礼燃不知道她的许多事情，比如黎雪已经三番五次地背叛过他，她在同学之间有个很不雅的外号，叫"十三号的士"。"十三号"是什么意思我不清楚，但"的士"的意思听沉伦说大概就是招手即停，想上就上的意思。她和我一个特别好的朋友也发生过关系，让人不能原谅的是，她是在明知道我朋友有女朋友的情况下去接近他的，当然，这一点上，两个人都有问题。而且后来我才知道，她甚至编造了母亲胃癌晚期的谎言来博取同情。她还给同宿舍一个比她漂亮的女孩的狗狗喂了药，狗狗最后死了，她同寝室的另外一个女孩转学后才把真相给说出来，我觉得这已经不再是家教或者道德方面的问题，这已经到了邪恶的级别。

所以无论站在哪一个角度来看，黎雪都是这个世界上我最最讨厌的那一类女孩：把满嘴粗口、浓妆艳抹的样子说成是标新立异；嗑药、喝酒、打架在她的理解里是凸显个性；喜欢把没教养解释成"直性子"……这类人在你我身边有很多，甚至这些女孩还是好女孩。或许"粗浅"还值得原谅，但黎雪的问题是出在心智、教育、认知和道德上。

她在英国我知道，她在英国花的是礼燃的钱我也知道，我迟早有一天还会再一次撞到她，就像今天这样再一次撞到她给礼燃打电话一样，我也知道。但就是不能接受她依然是礼燃哥倾其全部去爱的女人这件事。

所以这件事，我没办法袖手旁观，还是得让礼燃知道黎雪的这些事情。

这几年一直处于被动，不愿意再提起这个人，是因为杜至诚出意外的那一天，黎雪是第一个提出她去叫救护车的人，而她那句话只对我一个人说了。我相信了黎雪，我那天一直在等，但到最后我才想起来，去叫救护车的人是什么样的品德。

所以，我们没有等来救护车，等来的是警车，紧随其后的是校车，我被警察带走了，礼燃没有回来，而黎雪离开了。这件事情，我们三个人都知道。

后来我收到一条陌生号码的短信：你别怪我们，我们当时吓坏了，没想嫁祸给任何人，我们只是在想接下来怎么办，对不起！

想到这里，在出酒店的一瞬间，我又转身返回房间，打开房门看到抱着枕头安然入睡的礼燃，我把刚刚放在他身上的毛毯利落地提起来，扔到了沙发上。

> 事物的本身是不变的，变的只是人的感觉。
> ——亚瑟·叔本华

15

原则与情感

| 大雨 | 斯特林市中心 | 心情指数 |

礼燃躺在我的床上，神情涣散。他虚弱地支撑起身子，摇了摇头，朝我笑了笑，然后咳嗽不止。

"我该回去了，我这是睡了多久？"他看着我，我坐在沙发上对着手提电脑斜眼看了看时间，没说话。

继而，我盯着他，眼前的景象开始虚化，礼燃的脸没有变化，他坐的床变成了一片红色的沙漠，没有能被拯救和绿化的可能。

几年前的那一天，也在一片类似红色沙漠的场景里，他手里拿着一杯水，嘴角微微上扬对我说："把药吃了，乖。"

这是几年前的春节，我爸爸到我家打了我和我妈，我妈的头发被扯得满地都是，我哆嗦着随手找了个文具盒把我妈的头发藏在里面，我怕我妈看到她的头发。

第二天，我爸来跟我和我妈道歉。他把手搭在我肩膀上对我说"儿子，对不起"的时候，礼燃也来了，然后在礼燃面前，我像是被人下了蛊一样，哆嗦着瘫倒在地上，小便失禁了。

那一天，我妈给了礼燃钱，让他带我去住酒店。那一天，我病了，浑身是伤，躲在遮天蔽日的酒店房间里，礼燃一杯一杯地递水给我。

那个礼燃和我现在如此憎恶的礼燃是同一个人，此刻他看上去弱不禁风，我应该走上去阻止他，直至他康复再让他离开——在英国这样背井离乡的环境里，我更应该这样去照顾他。

但是，我走上去对礼燃说："嗯，不早了，礼燃哥离开吧！"

他看了看我，伸手擦了擦自己额头上的汗珠，又看了看我，表情有些失望，他站起身对我说："我是真的感冒了。"我看着他湿漉漉的头发硬是没吭声，接着他穿上了衬衫、西裤、袜子，穿上了皮鞋。

我站起身，转过脸抱着胳膊，看着窗外的大雨倾盆溅湿了整座城市。我看不见雨水，但它却流经了每条街道，渗透进城市的每一砖、每一瓦，甚至渗透进我心里，凉意席卷了我身上的每个毛孔。

我对他说的话不应该是这一句，就算是被背叛过、被辜负过，眼前的这个人可是礼燃哥啊——这么多年，像自己哥哥一样的礼燃哥。

离家出走，每一天都在他的照料里度过的礼燃哥。

放声哭泣，陪着我泣不成声的礼燃哥。

几经绝望，带我走出黑暗的礼燃哥。

我想说的话变成了我打开窗户听到的雨滴声，他则用关门声回应了我的决绝。

我没回头，临出门前，他对我说："我病好了再过来看你，你每次感冒都很难好。"

我说了一句："随你，雨伞带着吧。"

他说："这是迷信，你不是相信科学的人吗？呵呵，睡觉关好门，我走了。"

房门刚关上的一刹那，我几乎就把身体转了过去，几秒钟后，我慌忙地打开行李箱，打开药盒，找到了感冒药，又急急忙忙地从卫生间里拿出雨伞。

我听见了礼燃发动汽车的声音，我急忙跑了出去，敲击在我头顶的雨水变得越来越急，越来越密，我的身子很快就被淋湿了。我看不见自己狼狈的样子，我也不在乎，我只是一个劲地向前追去。

礼燃的车已经开出去了，我只看得到他的汽车离开的背影，我知道这个距离我根本追不上了。

这座城市是一座山丘的形状，这一点我早就和你说过。

我急忙往相反的城堡方向跑去，我只要从那个城墙的位置跳下去，便能遇到礼燃。

雨一遍一遍将我的整个身子浸透，风像一只野兽在我耳旁嘶吼。我只知道，我无法停下慌乱的脚步。我把药塞到自己的口袋里，跑到了城堡的城墙边。礼燃的车朝我的方向行驶过来。

这时，我听到有个叫"原则"的东西在我耳边说："礼燃到今天也不觉得自己做错过，这是人品扭曲和人格缺陷的表现，这样的人就应该敬而远之。"

但我的心却对那个东西说了句："Go to hell（见鬼去吧）！"

我吸了口气，纵身一跃，脚踝又一次传来一声清脆的声音——右脚的人字拖的带子直接断了。我看到车灯转弯的方向，急忙张开手，挡在了路上，车子离我越来越近。

我狼狈地站在雨水冲刷的街道上，那雨水的凉意让我暂时忘记了脚踝处的疼痛。

礼燃打开了车门，我扶着墙壁说了人生里第二次对他说的那一句话："礼燃哥，不要走！"

礼燃急忙走过来，一把捏住我的胳膊支撑着我质问道："你这是要干吗，你知道这多危险吗？"

我对他说："我本来想说的是，'带上雨伞和药再离开吧'，但我说的是'礼燃哥，不要走'，我好像说错话了，但这又好像是我来英国以来说得最对的一句话。因为我很高兴我说的是我想说的！我还要告诉礼燃哥，酒店餐厅还有我给你准备的比萨，然后让英国不打雨伞这一套见鬼去吧，没有什么比你的健康还要重要！"

天空传来轰隆隆的雷声，城市下围升起一层薄雾。此时的我，只倔强地站在雨中，不在乎雷鸣闪电是否下一刻就会将我劈碎。街上的路灯，也在雨水雷鸣下像鬼火般忽明忽灭地跳动着，于是夜空便如封闭起来的世界，黑得让人窒息。

时光仿佛又回到了那一年。那一年，我也是因为礼燃从二楼纵身一跃，脚上同样是一双人字拖鞋，嘴里依然是那一句："礼燃哥，不要走！"

我们生活在一个纷繁世界，这个世界里充满了许多的原则，公正、善良、尊重……我们也生活在一个多彩的世界，这个世界里充斥着许多的情感，友情、亲情、爱情……原则和情感支撑了我们的整个人生，可残忍的地方就在于，原则和我们的情感常常出现相互抵触的情况，选择出错或者应对不当，我们的人生都会面临一场崩塌。

可是我还年轻，我还有一辈子可以去选择和实践，我以为我是一个坚守自己原则的人，但那一晚，我知道，比起那些强硬的原则，照料好自己病重的朋友好像才是我的人生应该秉持的一部分。我比谁都清楚，原谅礼燃，我可能在未来的日子里会谴责自己，但让生病的礼燃离开，我可能会懊恼一辈子。重要的是，我对自己和礼燃都有信心，我相信有一天，礼燃会带着我去向因为我们而发生意外的杜至诚正式道歉。

我们必须接受有限的失望，但是不可以失去无限的希望。

——马丁·路德·金

16

另一片天空下

有风 | 克拉斯哥 | 心情指数 :

我第一次接到英国警察打来电话的时候，一位斐济的同学正在教我怎么在学校的打印机上输入自己的账号和密码，以便直接从自己的学校账户里扣除打印所需要的费用。

平时整个教学楼范围内的手机信号都是被干扰的，电话都打不进来，所以当一个陌生的光头教授找到我让我去接个电话的时候，我想这可能是个足够紧急或者特殊的电话，然后，果不其然地我接到了警察的电话。

电话是从格拉斯哥打过来的，我接起电话后听到了一个女人的声音，她说她是警察，问我是不是有个朋友叫徐朗。

她告诉我，我的朋友徐朗现在正在警局里，他喝得酩酊大醉，在英国能联系上的电话只有我的，然后问我能不能去警局接走我的朋友。

我想起了昨晚徐朗在电话里泣不成声地让我去陪他，我知道他喝酒了，我也知道肯定又是因为他女朋友，他不是那种在感情上能迅速翻篇的人。他让我去格拉斯哥陪他喝酒，但因为我有一天的课，所以拒绝了他，没想到他能喝到警局里面去。于是，我让警察把警局的地址给我发了过来。我走出了图书馆，天空已经开始有些灰蒙蒙了。

学校的同学三三两两地结伴离开，耳畔传来的絮语声总会让人想起曾经。台阶两旁的绿植似乎也在随风絮语，缱绻缠绵。我仰起头，天空中的最后一抹白似乎正在逐渐消散，一群乌鸦从头顶划过，为此时黑丝绒般的夜色增添了一抹暗沉。我掏出手机看了看地址，这时有一个电话打了进来，我接起一听是酒店前台打过来的，他们告诉我在我房间发现了一张汇票，现在需要我本人带护照去前台认领。

Yes，对此我一点儿也不惊讶，早在汉朝就有刘向说过"此所谓福不重至，祸必重来也"这样的话，然后在今天的苏格兰，我沈肯尼要说："It never rains but it pours（不鸣则已，一鸣惊人）."

没辙，我告诉前台，我实在是有更紧急的事情需要去处理，请前台代我保管汇票，我晚上就回去取。果然，毫无疑问地，他们拒绝了，让我试着找一位我的朋友带着我或他（她）自己的护照和学生证去领取也可以，而且必须现在就这样去做。

我感谢了前台的极度体贴之后，挂了电话，看了看四周。非常时期就得用非常方法，我向来是走钢丝的那一群人。我走到教学楼门口试图找一位有眼缘的人，我准备把护照给一个陌生人，让这个陌生人去酒店替我拿汇票。正在犹豫选谁的时候，我看到了教学楼门口有两个华人模样的女孩。我走到她们身边用英文询问她们是否会讲中文，因为我已经无数次用中文把越南或者日本的同学说得一头雾水了。

她们中间一位个子很高的女孩用英文回答我她们就是中国人，问我需要什么帮助。

然后我终于可以用不能更加舒服的中文问她们，我的学生卡一直没有办下来，可不可以看一下她们的学生卡的样子，她们很高兴地把学生卡递给了我，在过目的三秒钟里，我把她们的姓名和学生号都背了下来。然后我对其中那位叫 Claire 的女孩说："我知道这很奇怪，我人生里和你讲的第二句话居然是这一句。但是，我朋友现在喝醉了，他爸爸被执行死刑了——是的，无法置信，而且他妈妈现在有抑郁症，每天都在吃药，最糟糕的是，他唯一的信念——他的女朋友也出轨了，他来英国就是为了她。然后他现在在格拉斯哥的警察局。"

"啊？"她俩异口同声地从喉咙里发出这个鬼魅横生的语气词，我打赌，她们诧异的不是徐朗的事情，而是在想我到底为什么要和她们说这些话。

"别发出这种声音，我会误以为你们觉得我很奇怪，我没有精神病，虽然我吃药，但是因为失眠。"

"啊？"又一次，世界抖了一下。

"OK，我要去警察局接他，但是现在我住的酒店打电话给我，非要我去拿我落在酒店的汇票，我在这里没有朋友——但这已经是几分钟之前的事情了，我现在有你们！我需要你们替我去酒店拿汇票，如果不会对你们造成困扰的话！事实上，拜托！看在我第一眼就这么相信你们俩的分儿上，帮我这一次！"我合掌。

"哦，那需要护照什么的吗？"在另外一位女孩还在张大嘴消化我说的话的时候，Claire 问我。

我把护照从包里掏出来递给她说："对！这是我的护照、我的学生证，对了，把你手机给我，我把电话号码给你，我晚一点儿联系你们，我得走了。噢，对了，我觉得你们俩是我这么多年来见过的最瘦的女孩。女孩都喜欢别人说自己瘦，对吗？呵呵。"

很瘦的 Claire 朝我笑了笑，另外一位臃肿的女孩听到这句话已经不能自已。

十五分钟的巴士加三十二分钟的列车，再加十五分钟的的士后，我在警局见到了徐朗。他昏睡在一个墨绿色沙发上，并不是我想象中的在监狱里。警察叫醒了他，他醒过来的时候，双眼发红，我第一次看到如此颓废的徐朗。

警察让我签了字，我问警察需要保释金什么的吗，因为我看电视上总是这样演，警察开玩笑说，你朋友只是喝醉了，又不是犯罪，怎么会需要保释金。

我就怼了句："那你们干吗不把他直接送回去呢？只是喝醉酒而已啊！"

警察朝我无奈地摆摆手说："你朋友说他不知道他家住哪儿，我们已经开车带他四处绕着找了，联系学校，学校也查不到他的住所，他说自己无亲无故，只在斯特林大学有你这样一位朋友。"

我听到这儿，再看了看捂着脸笑的徐朗，接过文件签了个字后，带着他走出了警局。徐朗刚出警局便像一只快活的青鸟一样，飞到我前面，伸了个懒腰，回过头满意地看着我微笑。阳光洒在他身上，这个秋天真是美好得一塌糊涂。我走上前，闻到他身上一大股烟酒的味道。我朝他笑笑，完全没有要责备他的意思，我喜欢有趣的人，他显然是其中之一。

我跟着他走到了街道上，两个人都没说话。在一大片罗马柱的建筑中，徐朗突然停了下来，回过头对我说："对不起！我已经醒酒了，我总不能去联系我女朋友吧！我在英国只有你一个朋友。你回去吧，我想静静。"他把手插入卡其色的帆布裤子口袋里，说完后退了几步，然后转身过了马路。

我望着他的背影，在落叶萧瑟的大道上，他显得格外形单影只，他正一步步将真实的自我囚禁在深深的黑暗中。如果，我们能在时间的长河里波澜不惊，其实，一切没那么重要。

我想了想，便追了上去。想到昨晚徐朗在电话里情绪失控的样子，我对他说："该说对不起的人是我，昨晚在你最需要人陪的时候，我应该过来的。徐朗，你听我说，人家都说天涯何处无芳草，你怎么……"

"你怎么有资格来说我呢？你手上的烟疤是什么？你说过你这辈子要一直等待的人又是什么？你觉得你有资格来劝说我什么吗？"徐朗接过了我的话，眼里是比格拉斯哥夜空里还要寂寞的月亮。

"你去哪儿？"我问徐朗。

他说："去买喝的。"

我跟着他走进了超市，他走到柜台前面买酒，我对店员说他现在正在戒酒，不能喝酒，徐朗转过身恶狠狠地瞪了我一眼，走出了商店。我就是不让他喝酒而已，但他看我的眼神就像我把他们家祖坟给刨了一样。

他走在我前面，我跟在他身后。街道两边是被岁月冲刷后的古建筑，几度风雨几度年华后，略显苍凉，陈旧不堪，这座略带年轮痕迹的沧桑古城，就像置身于中世纪电影里的布景。我并没有追上去和徐朗多说话，但他走得也并不快，我知道，他是想要我陪他的。

暮色四合，我走了过去，陪着他注视着河对岸的建筑。霓虹把这座城市装扮得更加孤独，这是霓虹唯一能把城市装点得孤独的时刻，它只发生在这样老旧的城市。

"这条河叫克莱德河，是苏格兰很重要的一条河流，顺流直下，入海的地方是英国北海峡。你喜欢英国吗？"徐朗问我。

"并没有选择的余地，所以谈不上喜欢还是不喜欢，但因为这里没有家庭暴力，没有朋友背叛，动物在这里也有法律保护，念的专业虽然让人异常疲惫，每天都学到凌晨四点，但却是自己喜欢的专业，每天看到的景色比电脑屏幕的风景图片要高清上千万倍，所以，我想我应该挺喜欢这里的。"我没看徐朗，但却在深刻地和他交流，仔细聆听，认真回答，这会让他好受些。

"我不想这么早回去，我想在这里待上两个月再回去，我突然没有去见她的勇气，见了面去找寻什么呢？她再回来，我还能像从前那样毫无保留和顾忌地喜欢她吗？但我又不想回去见到我妈，我算不算是一个胆小鬼？我上次和你说我妈在吃抑郁症的药，我其实宁愿她多吃点儿。"徐朗说着抿起了唇，眉头皱在一起看着我，他知道自己荒唐，但又需要我的认可和支持，从朋友嘴里获得对自己期望的支持，这可能就是我们需要人陪的意义。

但我显然不是徐朗期待的那种男孩。我一脸严肃地问他："徐朗，你说什么呢？那是你妈妈，你怎么了？"

"我没告诉过任何人，我爸爸走了之后，她是抑郁，但同时，她也变得更放纵了，她说是在麻醉她自己。她现在在和好几个男人交往，我昨晚打电话给她，你知道那边那个男人是谁吗？"

"对不起！我一直以为你是因为你女朋友……"

"呵呵，应该说前女友，别再说女朋友了。"徐朗靠近了我一步，踢了地上的一个易拉罐一大脚。

"那今晚再陪我喝一次酒吧！就一次！"徐朗用哀求的眼神看着我。

我有些无奈，我说："一定不要喝醉可以吗？喝醉对我们都不好，你只会更难受，明早醒来依然无济于事。"

"人这辈子的烦恼也是无法停止的，难道中间就不允许有快乐的时光吗？我不是消沉，就是想放轻松一下子，遗忘一阵子，都不能吗，阿尼？"他说完朝我点点头。

我叹了口气说："唉，走吧！但你能别再叫我阿尼吗？这太难听了。"

"OK，阿玛尼！"

"你给我滚！"

就这样，他带我到了一间人声鼎沸的酒吧里，英国的酒吧永远都这么热闹。他一本正经地对我说："喝伏特加，苏格兰才是最好的地方，你迷那些瑞典、日本的做什么！"接着我就在他给我科普一杯又一杯伏特加的时光里，陪他消磨了大半个夜晚，好就好在，我们基本都在聊酒，和其他任何都无关。

凌晨两点，他把我塞进一辆的士里。在格拉斯哥克莱德河的河堤上，有一栋建筑年纪已经有几个世纪的古宅，古宅的门是两扇黑色的铁艺大门，门口有两个石狮子——和中国的石狮子不同的是，这两个石狮子是站立的。徐朗住在这里。

老宅有个特别大的庭院，走进去便是不小的花园，我似乎听到了潺潺的流水声，一座小型拱桥映入眼帘，流水声便是从拱桥底下传出来的，旁边的大树庇护着整个花园，若是夏日，应该能把浓烈的太阳遮蔽起来，为炎炎烈日的午后送来一丝凉爽。再往前便是琳琅满目的各种花朵，参差不齐、错落有致的屋舍排列其后。我跟着徐朗走进屋子里，一股浓烈的混杂着咖啡和木柴的气味迎面扑来。

　　我一点儿都不诧异，徐朗父亲在生前早给他安排好了一切。出国前，我爸爸告诉我，伦敦是世界上超级富豪最多的城市，而英国，也是中国企业家最喜欢把自己孩子送去深造的国家，所以，这是一个绝佳的社交环境，所以徐朗、礼燃等等都选择了英国。

　　皓月当空。月光下，朦胧间，徐朗的脸是一种近似灰白的颜色，他哀求地看着我手里的酒杯，对我说："就一口，我发誓！"这让我想起了沉伦。

　　"不行！我们说好的，出酒吧就不喝了。"我意识模糊，说话缓慢，但并没有昏头涨脑或者恶心想吐。

　　"一口，拜托了！"他伸出食指放在我脸上。

　　"徐朗，你必须要戒酒，你现在的样子和我几年前一模一样，酒会毁了你的。"

　　"你也说了，和你几年前一模一样，那是因为你已经经历过了，但我不行，给我吧，求你了，我喝完最后一口，我一定戒了。"他看着酒杯，眼珠都要掉出来了，我突然在他身上看到了我爸爸的影子——他们看到酒的时候，是一样的表情。

　　"我妈和我爸生前的对手好上了，所以让我喝吧！你管我这么多干吗？我需要的是一个兄弟，不是一个家长！"徐朗火了，从我手里抢过了酒瓶。

　　我坐在阳台的地上，不知道说些什么好，我听到徐朗说的他妈妈的事情，还是震惊了，我不知道该怎么开口安慰，所以，让他喝酒吧。

　　徐朗抬着手举着酒瓶，很急促地喝着，在我要阻止他的时候，我看到他的眼角滑落一大滴眼泪，他直勾勾地盯着我，似乎在等待我给他一些什么建议。最后，我只是安静地抱着膝盖看着他喝酒。我硬是把想说的话憋了回去，就像他说的，他现在需要的只是陪伴，不是管教。

　　天空飘过一片云，遮住了月光。徐朗的脸色越来越差，他脱了鞋子，靠在了阳台的栏杆上，握着空了的酒瓶，看着我不言不语。风变大了，吹来一些植被的味道，鼠尾草或者薰衣草。很久很久以后，月光又一次照在了他的脸上。

　　他对我说了句："阿尼，那什么啊，对不起！我刚不是要凶你。"

　　"不要紧，没关系，真的。"世界安静了，我用很小的声音朝他说，他也能听到，不用花力气，我朝他笑了笑，他也笑了。

当一道快乐之门关上时，另一道门会随之
打开。但是，我们常常眷恋那道关上了的
门，而看不见另一道门已经打开了。
——海伦·凯勒

17

苏格兰
暮色

| 有风 | 格拉斯哥克莱德河 | 心情指数 |

　　我把酩酊大醉的徐朗拖到了他的卧室里，打开灯，房顶中央有
一盏明亮的灯，房间里有一张红色的橡木床，床沿边很高，床单、枕
套、被套都是纯白的。可能因为住宅很大，有足够多的房间让他放置
杂物，总之，这样极简风格的卧室会让我没有安全感。

　　放下他后，我斜靠在床边，怀着一丝叹息。风吹开了没关紧的窗

户，徐徐而来，连绵波涌而去。

他打了个酒嗝，睁开眼问我："你觉得我妈那边我要怎么办？反对她？"

"当然不能，这是你妈妈的事情，和你没有关系，也轮不到你来反对。而且，我觉得你要尽可能装作你还不知道这件事，最后，这毕竟是你妈隐私的一部分。这是她两性关系的范畴。"

"呵呵，两性关系！如果是别人我还可以接受，我很希望她能走出悲伤，找到一个真心爱她和值得托付的人，可是，阿尼，你知道那个人是谁吗？"徐朗显然是喝高了，这句话他今晚已经说了无数遍。

"是你爸爸生前的竞争对手、你爸爸的眼中钉，你说过了，那难道因为这样，你就可以禁止他们往来吗？感情是他们两个人的事，哪里轮得到第三个人同意或者准许呢？他又不是做了你爸妈之间的第三者，而且，以我的经历来说，就算有了第三者，父母感情的事情也不会因为我们而改变什么。我爸还是会因为那个年轻的女人离开我妈，我妈最后就算没有分到财产也会在被我爸殴打完之后，由我逼迫着在离婚协议上签字。最后，看在你喝醉的分儿上，不要叫我阿尼。"我坐在徐朗床头的小羊皮沙发上，一点儿都不困。

"我不知道，我不知道还能相信谁，女朋友出轨，我妈现在也可以算是背叛了我爸，在国内因为我家敏感的身份，朋友都不和我联系了，能说上话的就只有你了。满怀着期待来英国找我女朋友，最后决定伤心失望地离开，现在我妈又挡在我回家的路上了，我根本不想回家，不想见到她和那个男人，我这样想是错误的吗？"徐朗突然坐起身，盘起腿，一只手支着下巴问我。

"不是错误的，虽然没有办法干预你妈妈的情感，但是你自己的情感是你自己的，你有权利愤怒，你也有权利在你和你妈两人关系之间做出任何反应，这是你个人的，你有绝对权利去支配。这样说你会好受些吗？"

"呵呵，你真有一套。我感觉你的人生不会转弯，非黑即白，感情这么模糊的东西你都可以划分得这么细致，谁教你的？自己悟出来的？是不是因为这样划分不容易受伤害呢？"徐朗笑了，话题转变到了我身上。

"是啊，一个人生活了这么多年，总要有所悟吧！我也以为这样不会受伤害，但现在看来好像是错误的，不光是别人，我自己也做不到。世界观出错的人因为是自己的哥哥，所以原谅了。我对自己说爸爸妈妈的情感不去干预，但还是有好几年对我爸爸充满了憎恨。也知道爸爸和新阿姨生的儿子，也是我弟弟——但见到他的时候，还是没办法去疼爱他。但我知道，起码，这样划分是对的。"

"起码对方会受益是吗？你原谅了你哥哥，你哥哥受益了；你就算是在暗地里憎恨你父亲，他还是得到他要的女人了；你就算没办法疼爱你弟弟，他还是来到这个世界上了，没有你的疼爱和认可，他一样能生活得多姿多彩。说白了，你这套情感上的规则或者规矩，限制的不是别人，都是你自己。"

"限制的都是我自己？"我站起身看了看手表。

"因为你爱对方，爱你哥哥，爱你爸妈，爱你弟弟，所以你愿意为了他们限制你自己。所以，我愿意听你的，我愿意接受你的意见，不干涉我妈妈的私人情感。"徐朗看了看床头他那张全家福的照片。

"好了，时间也不早了，我得走了，我早上还有课呢。有事的话打给我。"说完，我提起反包准备离开。

"我开车送你，对了，房间有个书包，送给你吧！你哪像个学生啊？看上去更像一个年迈的教授，你所有的衣服都是黑色的吗？"

"不是啊，还有灰色、白色。你别了，如果你酒驾，那我真的要拿保释金才能带你出来了，而且是在我和你在苏格兰乡间僻壤的马路上一同归西后。我去坐列车就行。"

"你醉了？这个点儿？列车？好吧，在你走之前，问句题外话，你衣服没有花纹的吗？"

"格子，条纹。神仙，现在已经是清晨了，看来你还没醒酒呢，你快睡吧，我走了。"说完我把身边的闹钟递给他。

"好吧，当我没问，下次我带你去买衣服吧，你这样会吓跑其他女孩的，谁敢接近你啊，你身上有一种乌云密布的感觉，呵呵，"徐朗说完轻轻地拍了拍自己的嘴，"我不是说你抑郁症的事情，我只是想让你开心点儿！你是个挺好的男孩，阳光点儿！"

"我走了。"刚说完我手机就响了，我把手机挂断了。

徐朗突然兴致大发地站起来问："这么早？谁啊？国内打过来的吧？"

"嗯，我爸爸。他破坏了我和他的约定，他把我去精神病院就诊的事情告诉了礼燃，弄得别人都以为我精神分裂了，而且也不和别人说我是因为抑郁症才去看的病。现在国内是深夜了，他应该就是喝多了。"

"所以，你现在不接你爸的电话了？"

"暂时吧！他喜欢给我的人生上课，我也想偶尔给他上一课，我现在在英国，他不能再打我了，呵呵。就像我对你说的，这是我的权利，用我的方式处理我和他两个人之间的事情，我可以做出任何反应。"

"明白！你今天帮了我很多，我明天去斯特林找你，请你吃饭吧！"

"可以。"说完，徐朗送我下楼，他把我送到门口的时候电话又响了，这次是短信，我爸发来了短信：我要和你妈活埋你！

我急忙删了短信对徐朗说："徐朗，我刚给你的意见，你还是不要听了。"

"为什么？"徐朗一头雾水地皱了皱眉，摇了摇头。

"因为你还是需要和你妈妈过一辈子的，她只有你了。你还是任性、发狂、撒娇、哭闹吧，我的方法不适合你，我收回！"

"我爸的短信。没什么，他说要对我做一次破碎实验，把我放到破碎机里，就是那种十一个钢盘在水平轴上，钢盘圆周分别有六根销轴、十个锤头的机器，我爸工厂是做重型器械的。没事，这已经不是第一次收到他这样的短信了。"

"啊？"他张大嘴，接着急忙捂上嘴装作这不是什么让他诧异的信息一样。

"所以不要用我的方法了，我的方法只适用于一种情况。"

"什么情况？"

"总有一天我会离开他们，然后一个人生活。而你不能离开你妈妈，所以我的方法不适用于你。"说完，又一阵疾驰的清风从窗户刮进来，穿过我和徐朗两个人彼此摊牌的清晨。

我们一同看向窗外，这时的天空变成了寂寞的深蓝，幽怨地笼罩着格拉斯哥，我闻得到克莱德河传来的河水的气息，里面混杂着泥土的味道，微风轻轻摇曳着，总有一天时光会为我们洗尽铅华，然后在我们的记忆里种下未来恋恋凡尘中那些涤后泛白的旧事。

徐朗的瞳孔变得很大，他抑制不住他的诧异，尽管他在尽全力不让我察觉到，但这是我预料之中的事情。

短信又来了，他垂下眼看了看我手上握着的手机，我把手指按在关机键上，死亡音后，我关了手机，没有再看。

我转身离开了，徐朗没有追上来，可能因为太过震惊，反而没有动作了。

走出他家，苏格兰刮起一阵大风，街道上花草树木似乎都在经历一场磨难，纷纷扬扬地撒满整个城市，房屋瓦舍也在这场飓风的侵袭下簌簌落下只砖片瓦。天空的一点儿亮白像泼墨般迅速地暗沉。街道上的行人行色匆匆地行进，连往日的喧嚣纷扰都一并随风飞逝。我的生活背景板变成了世界末日的景象。

我拐进了一个街道口，蹲在了地上，我能感觉得到自己在发抖。这么多年了，我依然生活在恐惧之中，我之所以会害怕是因为，我明白，我爸爸发的短信从来都不是恐吓，他什么都做得出来，比如因为找不到我，他会立马转向去折磨我妈。我感觉得到自己的眼眶在风中隐隐发胀，我以为逃离了的生活还在困扰着我。

我看了看不远处的克莱德河，看了看为数不多的高耸大楼，看了看疾驰而过的汽车，我的心跟着快速紊乱地跳动着，像是在与胸腔进行一场博弈，它正在叫嚣着逃离我的身躯。在这无边黑暗的夜里，我强制地压抑着奔涌而出的念头，急忙从包里掏出了药瓶，它们能让我停止焦虑，能让我始终相信未来我有被药物降服的可能，因为死亡一定是荒唐的，而我一定要活下去！

我急忙扭动瓶盖的样子一定滑稽透了，这时候，我听到了身后急促的脚步声和喘息声，我回过头，徐朗气喘吁吁地看着我。见到他的一瞬间，我吓得把药瓶掉在了地上，看着散落一地的药片，又盯着他的脚，很怕他再一次后退一步，我屏住呼吸对徐朗说了句："我真的没有精神病，你别害怕我，这药是……"

徐朗扶起我，对我点点头说："是维他命，是微量元素，你心情不好缺少一些元素，我都理解。"说完他急忙过来把地上的药全捡了起来，递给我。

乌云散去，第一道阳光从遥远的天际直射而来，渲染了整片天空，城市在这一大片的绯红之中，又变得生机勃勃起来。

徐朗把我手上的药塞进我口袋里对我说："我只是死了爸爸，而你却是自己的爸爸要杀了你，对不起！上次的事情，显然还是我伤害到你了，我不应该退后那一步，我也不应该再和你诉说我生活的黑暗面，因为比起我，好像是你更需要陪伴，更需要鼓励，更需要眷恋上这花花世界！"

　　在晨曦的映照下，街道上挂着朦胧的湿润气息，城市里的景象如同电影倒带一般迅速地恢复到了最初的靓丽多彩。人们从我们身边经过，交谈阔论声、激烈争辩声似乎都成了城市的一道风景，像什么都没发生过一样，和全世界所有的清晨一模一样。

最悲伤的事莫过于在痛苦中回忆起往昔的
快乐。

——但丁

18

S.O.S

| 晴 | 斯特林市 | 心情指数 |

　　清早，第一缕晨光柔和地照在斯特林城堡上，那里是苏格兰的皇宫所在地，它是这座城市最高的建筑。即使落叶已经纷纷扬扬地撒满了整座城市，草地却依然在露水中透出幽幽绿意。这是一个静谧的早晨，晨光穿透薄雾，细微的露珠缓慢地坠落在地面上，我沿着石板路走到了所住的酒店门口，满怀倦意和疲惫。

走进酒店大厅的时候，我看到了 Claire 一个人坐在酒店的沙发上，她抱着胳膊，闭着眼，张着嘴，斜倚在沙发上，我这才想起来昨天中午拜托她的事情。我愧疚至极，事实上，我已经忘记了这件事。

我摇了摇她，她睁开眼，伸了个懒腰，打了个哈欠后问我："事情办完了？你朋友没事吧？"说完她醍醐灌顶一般急忙从她厚实的风衣内口袋里掏出一个酒店的信封给我说："给，汇票在这儿呢，你别把这些东西乱放。你看看，没错吧？"

我把信封塞进手提包里，感激得有些说不出话来，然后我对她说："我们去吃点儿早餐吧，我请客。"

她开心地笑了笑，把东西递给我后，跟着我走出了酒店，说："好啊，吃顿丰盛的英式早餐如何？说真的，你有没有想过，我会携款潜逃啊？即使一秒钟。"

"没有，我从见到你开始就没往那方面去想。对不起，让你久等了，你在这儿等了一夜吗？"我走在前面，转过身倒着走。

"没有，我早上才过来的，我以为你在呢，结果房间没人。也谢谢你这么信任我，这就是眼缘吧，你见到我时就很信任我，我第一眼看到你还以为你是法律系的。"她揉了揉蓬松的头发，说完打了个哈欠。

"为什么？"

"不知道，感觉你长了一副正儿八经的样子，特别正直的感觉。"Claire 和我沿着斯特林山坡徐徐向下走着。

"是因为我的衣服吧？习惯了，初中开始就这样穿衣服，也被很多人嫌弃过，不过我就姑且是称赞收下了。"

"不是衣服的关系，就是看到你的脸有这种感觉，你长了一张很正义的脸，你不会真的是念法律的吧？国际法？"Claire 往前跑了两步又端详起我来。

"差不多吧。"

"哈，你看！我猜得多准。我学的是媒体管理。"

我们到了山丘下的一家小店，坐在一个露天的小院里，点了一份最传统的英式早餐——和在英格兰不同的是，苏格兰的早餐里多了几块猪血肠。Claire 满脸都是油光和疲惫，她喝了口果汁后继续问我："你是新来的吧，没念语言和预科？"

"没有，刚来，所以现在正愁找房子呢，在国内的时候，在 Gumtree（英国一个分类信息网站）上明明看到很多房子出租，过来就没有了。"

"你现在才来当然没有了，两个星期前还到处都是房子呢。对了，我有个朋友也在租房，一个男生，你介意合租一套房子吗？不是让你们俩住一间，就是一套房子，各自住各自的，有兴趣的话，我帮你问问他，因为你单独租一间反而不好租。"Claire 一边说着一边已经拿出手机帮我联系起了她的这位朋友。发完短信后，她问我："你在斯特林没有朋友吗？一个人来的英国？"

"不是，有个哥哥在爱丁堡，一个朋友在格拉斯哥，他们好像都很好找房子。谢谢你，总之，我觉得我现在在斯特林交到第一个朋友了。"

"不用客气，我在国内的时候，和别人说我是湖北人，在英国，大家就都说是中国人了。"

中午的时候，我见到了 Claire 介绍的朋友，一个有些壮实的男孩，他剪了个板寸，念的专业是管理学，见到我，他友善地和我握了握手说："我叫曹轶宁，能找到个合适的室友实在太好了，之前我找了好几个，看了看都不合适。"

"你还面试呢？"Claire 撩了下头发，抱起胳膊问。

"别的不说，起码也要找个语言沟通方便的，品行和精神都健康的，"曹轶宁说完看了看手表，"那就这样说定了，我联系了好几个房子，我们明天一起去看看吧。晚上去我朋友那儿一起吃饭吧，我在那儿请了几个朋友吃饭，晚一点儿见。"说完曹轶宁就匆匆地离开了。

我和 Claire 也要各自去上课，我对 Claire 说："晚上的活动我就不去了，你替我谢谢他，我明天等他电话。"

Claire 摇了摇头说："不行！你得去！出国后和在国内不一样，你不是说你们班都没有中国人吗？如果你不和大家社交是不行的，在英国没有家人、没有朋友，同学之间的社交就特别重要，因为你需要帮助的地方太多了。你是不是还想一个人继续这样过啊？对了，说得严肃点，你不但得去，你还得组织一场派对，让大家来聚会，入乡随俗，这儿的华人都很兴这套，你没有选择的余地。以后大家相互帮忙的事情多了去了，国内我们有爹妈亲戚街坊邻居同学伙伴，在这儿你得重新开始社交。今晚的聚会就这么说定了，我下课比你早，晚上你和我一起去，我去你们教室门口等你。"

听 Claire 说完，我居然没有任何想反驳的想法，我对她说："好，我和你去，我完全没有经验。我要带什么煎饼、寿司、黄梅酒之类的吗？我不知道你们的派对是哪种。"

"不需要，我也是听很多前辈这么说的，总之我们这么做不会错的。反正没有坏处，又不是杀人纵火，多认识些人没有坏处。"Claire 同我笑了笑，我看着她，想到的第一个词语是"早熟"。

"那我如果要办个派对的话，什么时候办比较好呢？"

"就两天后吧，周末。学期中再认识的话，新生之间想相互认识的那个劲儿就过了，很多人就不会来了。你放心，我帮你一起准备！"Claire 爽快地答应了我的请求，同时，她还特义气地补了一句，

"你所有的邀请函就由我来帮你发放吧！你就负责准时出席和大家打招呼就好了。"

我对 Claire 充满了感激，我沈肯尼虽然自幼四处漂泊，但真心处处是贵人。

黄昏的时候，我到了曹轶宁朋友的公寓里，他一见到我和 Claire 便兴冲冲地把我们带了进去，对别人的介绍是，我是他的新室友。Claire 进去后便从一位女孩手里夺过玻璃杯喝了一大口红酒，看得出来，这屋里的所有人对彼此都很熟悉，除了我。

"你们好！你们是同学吗？真好！"我和大家一一伸手握手。

"沈肯尼？"我听到旁边有个男生喊了喊我的名字。我侧过脸一看，欣喜地发现了王更霖，他是我出国前在中介认识的一个男孩，当时他也准备来斯特林大学，但两周后，他告诉我他决定申请利兹大学，放弃斯特林大学，也因为这样，我们后来便没怎么联系了。

我大笑了两声，他给了我一个大大的拥抱，我问他："你不是去利兹了吗？"

"没，来斯特林了，我联系过你，但你手机号换了。我还想你是不是没来斯特林呢，一直没见到你。"

"为了女人嘛！哈哈，为了你的 Ivy！"一个我不认识的男孩补充道。

"Ivy？我们中介那个 Ivy 吗？Ivy 也过来斯特林了吗？来了很久了吗？"我有些诧异。看来王更霖还是有很多事情没有告诉我的，但大家相处的时间很短，可能是我们分开之后的事情吧。

"是啊，我来很久了，我过来很方便。曹轶宁和我说了半天，原来是你啊，他说听口音和我很像，老乡啊，能不像吗？快坐！"王更霖兴奋地拿出两个酒杯，倒了杯给我，我和他干了一杯。

那天晚上，在场的所有人都喝了许多酒，几个男生一直在讲段子，有几个确实特别好笑。我们有的坐在地毯上，有的斜倚着沙发，有的甚至坐在窗台上，手上拿着酒瓶，像一场末日的狂欢。我也对他们发出了两天后的聚会邀请，大家都爽快地答应了我的邀请。

太阳逐渐隐没，留下黑魆魆的山峦，屋子外面的天是高昂的乌蓝，大地是与其相衬的黝黑，我们这间房，贯透着温暖明媚的橙黄，如环游的飞屋、无根的浮萍，飘浮在举目无亲的万里高空。我们身上有挣脱不掉的宿命的悲凉，但是当下的我们是快乐的，是真的，无牵无挂、没心没肺地拼尽最后的虚无与快乐。

有那么几分钟，我恍惚回到了国内——在礼燃家里，沉伦、礼燃和我，三个人拿着酒瓶，说着一些只有我们三个才能听得懂的笑话——所以，我真的喝大了。

最后，世界安静了，全场基本都歇菜了。我躺在地上，王更霖和 Claire 躺在我旁边，我们三个人盯着天花板，王更霖说："他们说，狂欢是一群人的孤单，呵呵。"

Claire 笑了笑，侧过身，打了几个酒嗝，睡着了。

我站起身，走到卫生间收拾了自己一下，走出了公寓。

这座公寓在河堤的另外一面，我住的酒店在对面的山丘上。我拿出手机给礼燃打了个电话："礼燃哥，你说我们仨怎么就这样了呢？"我听到了自己的哭腔。

"你喝酒了？你在哪儿？我过来接你。"我听得到他说话间隙无数次的叹息声。

"全世界都可以变，但礼燃哥、沉伦你们不能变！我们那时候怎么说的？一辈子对你们而言就只有这么几年吗？你们不在，我每天都在想念你们。"

"你在哪儿？你别闹了，你告诉礼燃哥，你在哪儿？"

我把电话挂断了之后，把手机的飞行模式打开了。我躺在异国的陌生草地上，看着手机里沉伦和礼燃的照片。那时候，我们那么那么好，现在一切都已经物是人非了。我的手机里还存着沉伦的手机号，我拨了过去，电话那边说："对不起，您拨打的电话是空号。"

"沉伦，这是我给你的第 556 个电话，你听不到，但是我想告诉你，我后悔了。"

天空彻底暗了下来，漫天星辉镶嵌其上，清冷的光那么远，衬得四周更加空荡荡的。凌晨的风轻柔地掠过我的睫毛，我似乎以前就在幻觉里看到过今天——在很久很久后怀念起很久很久前——我以前就知道，我是不会放过我自己的。

外表往往具有欺骗性。

——《伊索寓言》

19

最熟悉
的陌生人

| 阴 | 斯特林市 | 心情指数 |

我站在山顶上，脸侧刮过苏格兰黑色的风，双手插在风衣的口袋里，耳机里面传来王菲的《迷魂记》，漫无目的地看着对面山丘上星火点点的窗户。那遥远的橘色光亮离我似近若远，每一盏灯都是遥远的启明星，它们是身披铠甲的柔弱，是身心俱疲时的动力源，是被等待与等待的人的幸运，只是这样的温暖灯光从来都不属于我。

"我能对你坦白吗？礼燃哥。"礼燃站在我身边，我侧过脸看着他，他脸上没有表情，我能听得到他呼吸的声音。

"礼燃哥听着呢！"

"我每天都过得特别累，我今天背了一天的英文词典，担惊受怕地想着万一又遇到不会的生词，不堪一击的自尊心要怎么办。"

我拿着教科书看完了第一章后，开始对拿到学位这件事产生恐惧。到达英国之前，我预计过这样的结果，毕竟这是一个全新的学科。想到这里我把音乐调得大声了一些，我知道，有些事情对于我来说是没有商量的余地的，比如在是否能拿到学位这件事情上。

在如此忙碌的一天里，我不停地在 Gumtree 上上线、下线，我需要一套漂亮的公寓，能容纳得下我所有黑暗和恐惧的漂亮公寓。就算是陷入失望、崩溃和绝望，我也要有我的铜墙铁壁，就算是经历黑夜，我沈肯尼也要做黑夜里的花园，就算你们看不到我，我也要给你们带去迎面扑鼻的阵阵暗香。

我拿着手机拨通了几个国内好友的电话。我们漫无边际地聊着以前高中的生活，我特别期待他们能顺势询问我沉伦的近况，那样我可以理所当然地让他们替我寻找沉伦的联络方式，只是，他们都没有开口询问我这件事。

你知道，我不能停下来，所以即使是一些小的间隙，我也要拿出手机打开APP，看新下载的书籍。我开始阅读让–保罗·萨特的《情绪理论大纲》，我的双手在瑟瑟发抖，我在尽全力控制着自己，这让我觉得很得意——在控制情绪这一点上，我比许多人做得都要好。

"算了，你不懂我想说什么！"说完后，我挠了挠脑袋，我把自己也说得糊里糊涂。

"都听得懂，我认识你多少年了，无论发生什么事，礼燃哥不都在这儿吗？比起以前我们经历的，你觉得这些是事儿吗？"礼燃转过脸看着我，嘴角有个别致的弧度。这让我想起来许多年前的礼燃，第一次见面的时候，他脸上就是这样让人温暖的笑容。

我叹了叹气对礼燃说："你觉得我要怎么办？"

"我觉得，"礼燃眼睛转了一圈后，把手扶在了栏杆上，欲言又止，然后他把脸转到我看不到的方向说，"算了，说了你又生气。"

"你倒是说啊，今天无论你说什么，我都不生气，好吗？"

"如果这是因为学习压力造成的，那没关系，这个世界上谁都有压力，我们排解它。但是如果是你心理上的问题，比如一些特别容易治疗的小问题，可能你吃些药什么的就能立刻让你的许多生物指标恢复到正常指数，那我觉得我们可以试着去治疗一下。"

礼燃说到这里的时候，我"扑哧"笑出声来，我摇了摇头，异常乏力："礼燃哥，你不怕我抽你吗？前些天在伦敦才因为这个话题险些和你绝交了呢。"

他笑了笑说:"怕啊!但能怎么办,我的人生很失败,除了你和沉伦,到今天都没交到什么朋友。你真就像我弟弟,你说你病了我能不管吗?"

"行!那我和你说实话吧,我没有精神病,算了,疯子都会说自己没疯。我这样和你说吧,我去精神病院看病是因为抑郁症,我们分开后发生了很多事情,家庭里的、情感上的都有,其实这不是一个突然发生的疾病,医生说我病程已超过十年,就是说从我们认识开始,我应该就是个抑郁的人。"

"啊?"礼燃诧异地看着我。即使是深夜,昏黄的灯光下,我依然看得清楚他因为恐惧而变得更大的瞳孔。

"所以礼燃哥松了口气吧?我没事!"我看着礼燃,勉强地朝他笑了笑,无论如何,对这世界上还有一个人这样关心我,我是充满感激的。

"能治好吗?"

"嗯!按疗程治疗,能治好!只要中途不停药就好。"

我并没有看到礼燃放轻松的表情,他的脸色变得比天空还要沉闷,然后他说:"你和我住吧,我不放心!"

"去爱丁堡?算了吧!我没那个精力。礼燃哥,求你了,别再让我像以前那样生活。我一个人住多好啊，我出国前就计划得妥妥当当的了，你别把我的计划毁了。"

山顶的街灯突然暗了下去，只剩下不远处的城堡外墙泛起微弱的橘色灯光。

"那礼燃哥经常过来看你，不会连这都不行吧？"

"行啊！我们不是那种连翻脸都翻不了的关系吗？现在也不会像从前一样了。"

"在我的理解里，不是翻不了脸，是压根儿不存在这个假设，你会和自己的亲人谈论翻脸这个话题吗？"黑暗里，我只看得到礼燃的轮廓。

"礼燃哥会经常想起我们吗？会怀念以前吗？"

"当然会，那样的经历这辈子只有在那个年纪、那个环境才会有吧。我挺想念许多同学的，现在都有做妈妈的了，以前哪会想这些问题啊。对了，沉伦那小子公司开业你准备送点儿什么？"礼燃转过身，用腰倚着栏杆，一阵微风拂过，我闻到了熟悉的香水味道，但这味道却让我想起了沉伦，想起了那些年里三个人每天厮打在一起的时光。

"他开公司了吗？真够可以的，也不和我说一声。"

"那次以后，你们还没和好啊？"

"和好了，又闹翻了，再和好，再闹翻。"

"你们俩可一点儿都没变，和从前一模一样。"

"算了，我不想提他，我就当没听到吧。"

"好，那我们说说别的吧，你父母怎么样？"

"沉伦开公司的消息是真的吗？他，他懂经商吗？"我不可能不关心他，虽然我们而今已经变成了世界上最熟悉的陌生人。

礼燃有些莫名其妙，他摇了摇头，笑了笑。

我继续说："他总是这样，做任何事情都是一时冲动，他就等着吃亏吧！不过我说，礼燃哥，你怎么不说他呢？就任由他这样吗？"

礼燃一听更诧异了，他瞪着眼睛看着我问："我有什么权利去管他啊？你不是不愿意谈论他吗？"

"礼燃哥，你怎么了？他是沉伦啊，我们是在这个世界上最好的朋友和兄弟，你怎么能看着他犯错误也不管呢？"礼燃不说话了，我听得到他因为有些不耐烦而从鼻腔发出的有些急促的喘息声。

但我显然没有理会礼燃情绪的意思，我越说越激动："你要知道，就算沉伦这辈子做错过无数次事情，他对我们来说依然是这个世界上最重要的人，依然是你我肝胆相照的兄弟。你比谁都明白，他可能做了世界上最不能被原谅的事情，但他依然是那个单纯简单的沉伦。这世界上根本没有什么事情是不能原谅的，你看，就算我手背上有他烫的疤痕，但疤痕已经痊愈了啊，况且，他一定是这个世界上最后悔的人，我们不能就这样放弃他。所以，礼燃哥，你有必要和他好好谈谈，所有的事情，但，除了我。"

礼燃抱着胳膊，冲我笑了笑。光影间，我能清晰地看到他在解读我的表情，那是一种无奈、苦闷、滑稽，又有些讽刺的表情。这是我们相处这么多年以来形成的难能可贵的默契，我在心里早就原谅沉伦了，而且，我很想念我这位好兄弟。

礼燃都比我清楚，只是我始终不愿意面对。

许久许久以后，我蹲在了地上，礼燃把身上的风衣脱了盖在我身上，他对我说："气消了就给沉伦打个电话吧，你想想看，你这辈子能遇到几个你说的那种连翻脸都翻不了的朋友？礼燃哥算一个，但沉伦绝对是另外一个吧？"

我没说话，只是低着头笑。

那天晚上，礼燃临走时，我对他说："沉伦那边如果需要什么帮助，礼燃哥一定要多帮帮他……不对，你一定要告诉我，看看我能有什么帮他的。"

"不用你说，我也会这样做的。"

回到酒店里，我翻看着许多从前和朋友们的合照，照片上的我们那么亲密无间，但最终，我们还是渐行渐远了。为了防止思念再次泛滥，我坐到了书桌前，打开了课本，开始手抄课本。

礼燃的电脑还放在我的书桌上，上一次他把它落在了我这儿。它发出艰难运转的声音，然后我想，如果我的人生也能发出运转的声音，当下一定噪声连连，因为接下来的每一秒，我都可能永久性死机瘫痪。

屋子里很安静，我听到除了自己微弱的呼吸声，还有时钟在"嘀嗒嘀嗒"，它的声音依正有规律且冷静，但我好像听出了它的嘲讽，我又是这样艰难地熬过了一天。

> 我们在梦里曾是陌生人，梦醒后发现我们
> 原本相亲相爱。
>
> ——泰戈尔

20

拜托
我的心

| 小雨 | 斯特林市中心 | 心情指数 |

　　三周后，一切回到了所谓正常的轨道。我在斯特林结交了一帮朋友，如果画上经纬度，那可以变成一张牢固的网，网住整个斯特林小城，而如果刨根问底地问大家来自哪儿，那么很可能就会出现一张维珍航空或者美航的航线图。这一点儿都不夸张，英国的教育资源轻而易举地让许多大学的外国留学生人数超过本国的学生人数。因为母语

的关系，我交流的最多的还是华人朋友。

"英国的秋天是一幅流动的画卷"，在英国的时候我就能轻而易举地预测到，将来我会把这句话写到我的书里。我的交友缘往往充满离奇色彩，如果要概述我们是如何走入彼此的人生的，那我习惯把我们的相识概括为"bumped into（巧遇）"。

巧遇事件一：

先来说我人生最好的朋友"保安哥"吧，我和她的相识应该用"扯"这样的词汇来形容。那是一个阳光绚丽的下午，我被一个好朋友生拉硬拽地带到了一个地下商场去买情趣内裤，按我那朋友的描述，只有那个地方有他最喜欢的"没落贵族款"。于是，也就有了在人声鼎沸的地下商场里，两个男人拿着各类"没落贵族款"情趣内裤在彼此身上比画的荒诞画面，但那天发生的一件更荒诞的事情是，我看到了一个造型更加"没落贵族"的女子。

她穿着一套有着超大袖扣的黑色的衣服——或者说是袍子，腰上系着一个巨大的蝴蝶结，头发盘上去之后，插了一根筷子。如果不是夸张的眼线和眉毛，递给她一根拂尘，在她脸上画一个八卦，她立刻能去拍一部《道士下山》之类的电影。

我朋友拉了拉手上的一条类似红线一样的情趣内裤对我说："你

看，你要淘这种牛鬼蛇神穿的玩意儿，就得来这样的地方。"

那一秒钟，我感觉时间凝固了，全场的焦点都放在了"保安哥"一个人身上，然后她自信地踩着欢快的节拍朝我们走来，健硕的体形让她行走得矫健有力。

她精神抖擞，意气风发，威武雄壮，昂首阔步，虎背熊腰，气宇轩昂，震古烁今，撼天动地。

当然，纵观整个时尚圈，她的这身装扮还算不上扯，真正扯的地方在于，在我发出这些感慨还不到一分钟的时间后，"保安哥"就站在了我的面前，她皱着眉头上下打量了我几眼后问："你是不是那个沈肯尼啊？"

"啊？是啊，你是？"我拉了拉手上的情趣内裤反问道。

"啊！那好巧啊！你不认识我，但我认识你，我在网上看过你照片。"说完后，"保安哥"指了指我朋友手上的情趣内裤说，"发带的话，那根好看！"

我朋友吹了口气，无奈地摇了摇头，从我手上接过情趣内裤，对老板说："那就两根都带着吧！"买完东西后，我朋友对我咧嘴笑了笑说："那么，我们走吧。"

"哦，那我们先走了，很高兴认识你！"我与"保安哥"友好地告别。

"你们去哪儿？我也顺路！""保安哥"追在我们身后问。

"啊？我们不顺路啊。"我朋友急忙接话说道。

"我又不是跟你，我是跟肯尼说话。""保安哥"说完朝我笑了笑，天真烂漫，花开遍野。

"要不，我和她逛会儿？你不是刚好要提前走吗？"我回头对我朋友说，朋友朝我无奈地摇了摇头说："也好，你需要快乐和一个帮你提东西的，那我回去噩和你联络吧！"说完，朋友把我的购物袋递给"保安哥"后离开了。

"保安哥"接过购物袋的样子跟往头发上插上一根筷子一样自然，我有点儿不好意思地伸手和"保安哥"要袋子，"保安哥"一把勾住我的胳膊说："走吧！你要去哪儿？你这身好帅啊！"

我说："逛呗！"就这样，"保安哥"和我认识了。

在我们认识的第二天，"保安哥"一早就敲开了我的家门，进门后她利落地脱掉了自己的外套，穿着一身秋衣秋裤依偎在我床边，像一个认识了多年的老朋友一样。既然如此，我也不见外了，我掀开了被子，穿着秋衣秋裤依偎到了她的身旁。

巧遇事件二：

接着来说说我和我驴姐、虎姐的相识吧，听到这样的名字，你不用想，确实是我起的外号。

认识她们的时候，我小学六年级，因为父母不在身边的缘故，我经常被同学欺负。那一年，学校第一次开设了初中部，而且只有初一一个年级，他们是我们唯一一辈的学长和学姐。如果说学校里有恶霸，那一定是我同宿舍的陈同学，他长得机灵漂亮，但最享受的事情就是欺负我，他欺负我的手段跟学校后花园里的花一样缤纷多样。

比如，他在我熟睡后，在我床上倒上了几杯温热的水。然后第二天一早，生活老师查完房后，他一定会把我的床上用品晾晒到宿舍的栏杆上，然后四处宣扬我尿床的"事实"。

比如，他总是喜欢在我熟睡的时候，轻而易举地骑到我身上，然后把我的手钳制住，往我的鼻子里吹烟，我咳嗽得越严重，他越兴奋，幼稚至极是吧？对啊！

再比如，他甚至把我的内裤剪成一条条情趣内裤的样子，以至于在无法出校购买内裤的那一年里，我穿了各种光怪陆离的"情趣内裤"。

他其实不坏，但就是喜欢恶作剧。他最厉害的"壮举"就是，半夜用石头和鞋子去砸班主任的宿舍门，直至班主任辞职离校，他才罢休。然而，故事没说完。在班主任离校的第二周，他拿着一张 IC 电话卡哭着给班主任道歉认错，让班主任回来，他开始在失去后思念班主任老两口。所以，他一点儿都不坏，就是喜欢捣蛋而已，至少在我每次红着眼睛跟他理论的时候，他都能嘟着嘴和我说："对不起嘛！开个玩笑，我请你喝可乐还不行吗？我下次不会了！"然后，他下次会变本加厉，然后再请我喝一杯可乐。

如何制止他的无聊和恶趣味呢？那一年，我想破脑袋也想不到办法，直到在学校的校报上，我看到了我虎姐和驴姐的名字，她们被处罚记过了，原因大概就是"无法控制自己的黑暗能量之类的"。这份处罚单给我指明了方向，晚上吃完保健餐以后，我向她们班同学打听到了她俩在食堂的位置。

然后，我有了一个计划！美术课的时候，我向老师要了硬卡纸，自己做了一张贺卡，在贺卡封面画了一只介于企鹅和鸵鸟之间的鸟禽，重要的是内页，我在内页写了这么几个字："姐姐们是花仙子！"然后在一个周三的下午，我站在徐徐的微风中，穿着校服里我最喜欢的藏蓝色小西装，笑得和我身后的波斯菊一样灿烂。她们从看到我的第一眼开始，眼睛里就都是柔情，我对着她俩一直笑。

"哇，弟弟，你好可爱啊！"驴姐单纯得跟头驴一样地握着双手对我说，虎姐则温柔地拂动我的头发。

"这是给姐姐的！"说完，我把贺卡递给了她俩。

她俩看完后一把把我塞进她们的怀里说："你好可爱啊！弟弟，

我们做你姐姐好不好？"

"好！大姐，二姐，你们好！"我继续瞪圆眼睛，顺势扯了一朵波斯菊送给了她俩，空气里飘来一股母性荷尔蒙的气息，OK！轻松搞定！

接下来的故事你已经能轻松预见，在我们认识的第二周，我同宿舍的陈同学已经被"黑暗力量"摧残了四次。有一天半夜他居然哭鼻子了，我过去安慰他，他把我的手一把推开后，抱住了我的腰说："你不要和她们做朋友不行吗？我以后不欺负你了！"

巧遇事件三：

接着我要说的这个荒诞故事，是发生在斯特林的我和"八须鱼"相识的故事。

故事要从 Claire 同学说起，八须鱼是 Claire 的同学，两个人是同学兼闺密的关系，她俩在一起，就是舒克与贝塔的既视感。因为我和 Claire 交往密切，八须鱼就知道了我，但她对我的认识仅停留在 Claire 转述的层面上。可能因为我的生活经历有些另类和特别，以至于她对我的生活充满了兴趣，最直接的表现就是她让 Claire 对我转达了多次想和我做朋友的意愿，我每次都很乐意地点头答应，但两个人却从未碰过面。

我们第一次碰面是在学校的一间演讲教室外面，那时候我还不知道她就是 Claire 嘴上常常和我说的八须鱼。我经过她和另外一个女同学身边的时候，她正戴着耳机，用一种自以为的"低声细语"对身边的女孩说："他就是那天我和你说的那个 Kenny！"

我一直不喜欢别人在背后讨论我，一直不喜欢，所以尽管我经过她们身边的速度很快，我还是听见了。我立刻以更快的速度猛一转身盯住了她的眼睛，紧紧盯住半晌以后，她已经哆嗦着扯着衣服的一个角开始擦眼镜。用八须鱼后来的话说，那天我的眼神让她有一种身在1945 年 8 月 6 日的日本广岛的感觉。

事后，Claire 知道了这件事，笑得前仰后合地对我做出了解释："她没恶意，她可喜欢你了，她是宅腐女一枚，你吓坏她了。"其实那件事我压根儿就没放心上. 然而并没有什么用，八须鱼对我陷入了一种恐怖臆想之中。

第二次，我坐学校巴士的时候看到了走在路边的八须鱼。她一看到我急忙躲到了一棵树后面，然后悄悄探出头看我，我对她挥了挥手，她吓得急忙从树后面蹦出来对我微笑挥手，结果一个趔趄，衣服钩到了路边的铁丝网上。她风中凌乱的样子惹得全车人哄笑一片，我急忙把手收了回来做出完全不认识她的样子。

第三次见面的那天，苏格兰正笼罩在落叶阵阵的橘色浪漫之中。

八须鱼在逼仄的楼道里，穿着一件英国不太常见的羽绒服，拿着书，嚼着热狗，一副科研女博士的形象。当然，她不会料想到我们的见面会在这样的情况下发生；她更不会预料到的是，在那一天，她遇到的还是一个急速朝教学楼方向奔跑的我。于是，在被一个声音叫住的瞬间，我猛一回头，看到了一个张着血盆大口的八须鱼，没错，她在热狗上撒了不少番茄酱，我被她吓得不轻。

第四次见面，秋风阵阵中，她穿着一件粉红色波点风衣，正在牧场拍摄几只绵羊。但我看到的景象是一个中国女人，在宁静绵延的牧场里披头散发地追逐着一只嗷嗷待哺的小绵羊。当她抬头看到我的时候，她好像试图想对我解释什么，最后无奈地摇了摇头说："我其实，其实不是你想的那样。"

第五次见面，她刚从图书馆的卫生间走出来，而我正要进入卫生间。图书馆每层只有一个卫生间，而且是男女通用的，她看到我之后立刻闪到一边，低下头不敢看我。我上完卫生间出来的时候，她已经不在门口了。接着，我回到了二楼沙发区写作业。这时候，八须鱼突然在我面前怒吼一声后说："卫生间的气味不是我的，我只是上了小号！"

"啊？"我把一个"啊"字发出了抑扬顿挫的几个音节。

"嗯！还有，周末到我们家做客吧！我和 Claire 做准备，你负责吃就行！就这么决定了，你再拒绝我，我扛不住的！别拒绝啊！拜托了！你真那么讨厌我吗？"说完后，她一脸苦大仇深地看着我。

"嗯！知道了。我没讨厌你啊，相反，我觉得你很有意思，你会让我想起我在国内的一个朋友。""保安哥"这时候又昂首阔步地在我的脑子里溜达了一圈。

后来，八须鱼成了我最好的朋友，她成功地用光怪陆离的姿态"bumped into my life（闯进了我的生活）"，但这些事件显然给她带去了严重的心理阴影，以至于在接下来我们相处的时间里，我完完全全地占据了上风，她对我的态度，和我身边的所有友人一样：逆来顺受，言听计从。但既然受益方是我，那我们就不再更正，随此相处，let it be（顺其自然）！

忧思在我的心里平静下去，正如暮色降临
在寂静的山林中。

——泰戈尔

21

黑色派对

雨 ｜ 斯特林城堡 ｜ 心情指数 ●●●●●

　　走出图书馆的时候我轻轻地呵了一口气，低头看了看手表，抿了抿嘴又深深地吸了口气，接着自己进入了一个混乱的轨道。手表显示的时间是 17：07，我笃定时间一定是倒流了，因为如果没记错的话，我进图书馆的时间应该是 18：07。

　　我走进人流中，没有目的地，跟着神色慌张的人群从图书馆走到了教学楼旁边的巴士站，我才想明白了一件事——18：07确实是我进入图书馆的时间，但这已经是23个小时以前了。

我早就料到了，在我狠心出国之前，在来斯特林之前，在我倒在沉伦肩膀上和他挥泪告别之前。我就知道会这样，来英国念书拿学位会是人生一次挑战，高考显然满足不了我对发奋的幻想，所以我穿着正装，挥别所有，只身一人来了英国。

身边寥寥地站着几个中东人，巴士进站的时候，她们礼貌地问我是不是在排队。我摇摇头，提着棕色的公文皮包往学校湖区的方向走去。其间，几个操着苏格兰当地口音的男孩裸着上身从我身边迅速地跑了过去，他们在追逐着一个类似手球一样的玩具。英国是一个没有太多娱乐的阴郁国度，所以一点点简单的快乐都能让不列颠人民彻底地兴奋起来。他们一边大叫，一边狂笑着，空气中，我闻到一股淡淡的酒精气息。太阳早已经没有了，但在苏格兰通透天空的映照下，他们的身躯显得更加健硕魁梧。

我裹了裹身上的风衣，走进了湖区旁边的一片森林里，再穿过这片森林，我便可以通过捷径离开学校。森林里没有一盏灯，我却没有一丝顾虑和担忧。上星期，走在这片黑森林之中，我还和Claire开玩笑说，难怪睡美人在城堡里一睡就是那么多年，连我都随时想在这肃穆阴森的森林里一睡万年。除了不知名的鸟叫声和风吹枝条的声音，这里再也听不到任何声响，我越走越快，倒不是害怕，只是我已经基本上看不到回家的路了。

走出森林后，我走进 Co-operative（超市名）拿了两盒覆盆子和一盒酸奶，给电话卡充了 20 英镑的话费。走出超市前，我的手机响了，我低头一看是徐朗发来的短信："我快到了，需要买什么吗？我旁边有 Sainsbury's（超市名）。"

"天啊！"我自言自语道。我今天约了徐朗和礼燃吃饭，但我居然完全忘记了这件事，我急忙给徐朗发了个短信：快准备好了，你什么都不用买，过来就行！

发完短信，我立刻朝着酒店的方向把自己发射了过去。

等我胆战心惊地到达酒店大厅的时候，徐朗还没到，但礼燃已经坐在那儿了，他朝我笑了笑，没有半点儿不耐烦的样子。我道歉："对不起，我迟到了四个小时，你可以打电话给我的。"

他笑了笑说："是五个小时，你手机不通，我猜你就在学校呢。"说完，他拿起椅背上的衣服，接过我手上的炸鱼和薯条，他嘴角微微往上翘了翘接着说，"你不会就是邀请我来吃份炸鱼吧？"

"这是给我自己半夜准备的，我请你们出去吃吧，如果我说我忘记约了你们的事情，你会相信吗？"

"不信，你从不会这样，所以实情是什么？旅游去了？还是说没钱花了？"礼燃提着东西一边走一边说，表情淡定自若。

"实情就是我忘记了，我真的忘记了，四天后要交一篇 4000 字的论文，我昨天在图书馆待了一天，我骗你干吗？"

"嗯，要礼燃哥帮你写参考文献吗？牛津或者哈佛格式的，我都轻车熟路。"

"我们上一次不是约好你要做自己，不要假装对我这么好的吗？"我对礼燃挑了挑眉毛，他以笑非笑地朝我摇了摇头。

走到我房间门口的时候，我看到了徐朗。他正坐在门口专注地打着手机游戏，他甚至没抬头看我一眼就嫌弃地说道："你开玩笑呢，让我吃炸鱼？"

"你怎么知道是我？"我和礼燃诧异地对视了一眼后问道。

"说话声、脚步声、你身上的香水味等等。你等我一分钟，打完 boss（关主）我就能解开下个地图了。"

我和礼燃打开房门走进卧室，礼燃把吃的放在桌上对我说："这就是你那个青岛的同学？"

"嗯，你怎么知道？"我跟了进去，把外套脱了挂到衣架上。

"除了他，你还认识很多人吗？"说完礼燃朝我皱了皱眉，打量了我一眼。

"哦？哦！对啊，他就是那个远赴万里来找寻自己出轨女友的痴情男，从这一点上来说，你们还真的是有共同爱好呢。"我说完后，朝他抿着嘴点点头以示鼓励。

"如果我说我现在和黎雪只是朋友，你相信吗？"

听到这儿，我脑子里出现了黎雪的模样，再看一看眼前的礼燃，我突然一把把他放在我床上的外套扔到了沙发上，说："我刚换的床单。"

这时候徐朗走了进来，他把鞋子一脱蹦到我床上说："那你的床单有福了，我是它的第一个男人。"说完他支着头打量了礼燃两眼，然后继续说道："已经不是第一次见面了，也听说了很多你们的事情，你好！"

"应该不是什么好话，但，他说得没错！"礼燃自顾自地接了句，然后坐到椅子上，朝我笑了笑。

"这么有趣？你们吵架了？"徐朗扫了我一眼问。

"没有，哪能啊，徐朗，你想吃屎吗？吃什么，我是说。"

"不想！哈哈哈哈哈哈。"接着三个人因为我的口误陷入了一阵哄笑之中。

晚上，我、徐朗、礼燃三个人坐在中餐馆里，喝着酒，吃着不地道的中国菜。礼燃夹了一块类似糖醋排骨的玩意儿给我，我嚼着类似肉又像是豆腐一样的东西打开了手机邮箱。

我的宿命：缄默着发疯地想着你。

这是我这一生都无法也无力去抵抗的。

人这辈子的烦恼也是无法停止的，难道中间就不允许有快乐的时光吗？

我不是消沉，就是想放轻松一下子，遗忘一阵子。

我想去找她，看看她，

然后就离开，毕竟我也爱了她三年。

徐朗和礼燃聊得异常投机，比我和他们任何人的第一次见面都要投机。他们从青岛聊到了云南，再从昆明谈到了山东，最后徐朗把去年国家各省的 GDP 排名背了个遍，礼燃也不甘示弱，从世界五百强前二十名的排名谈到了国企的发展。

我夹了一个形状神似苏格兰牛角包的水饺塞进嘴里，一边吃一边看着两个人气吞山河、指点江山的模样。我喝了最后一杯酒，打了一个响亮的酒嗝，礼燃突然转过来问我："你觉得这个场景像什么？"

"像 G8？"

"哈哈哈哈哈哈。"他们两个人顿时笑得上气不接下气。

"我是说'G'，不是'鸡'，我喝多了。2005 年，国际 G8 会议就是在斯特林这座城市举办的……"说完我又给自己倒了一杯酒，"然后，会议结束了。"

说到这儿，我已经红了眼睛，我抿着嘴对礼燃说："你不觉得这个场景像……"

"像你、我，还有沉伦在一起时候的样子。"

我擦了擦嘴说："然后那个什么 G8 会议就结束了，结束了，礼燃哥。"

"没结束，还会再召开的，因为还有很多问题没有解决。你看，你今年不就到英国来和礼燃哥会晤了吗？"礼燃咬着下嘴唇，眼睛红红的，像高中那年我第一次遇到他时那样。

"沉伦就是你说的那个沉伦吗？像我的那个人？"徐朗试图转移话题，但他显然给这把熊熊烈火浇了一升汽油。

"像你？你想得美！"

再然后，我们就醉了，我应该是醉得最厉害的一个，我只记得那天我在斯特林的石板路上一直问礼燃一个问题："我们三兄弟还回得去吗？我好想沉伦，好想好想……"

"回得去，一定回得去！"礼燃拉着我，跟我一起东倒西歪，徐朗一个人阔步向前，显然，他才刚刚进入微醺的状态。

"下次回国，或者等沉伦来英国，我们也这么喝。礼燃哥，你要下跪给沉伦道歉，你有时候真不是个玩意儿，你挺自私的。"我真的喝醉了，礼燃一听立刻大笑了起来。

"你以为你好得到哪儿去？你不也一样丢下沉伦到英国来了吗？"

"你别瞎说，谁丢下谁啊，我又不是不回去了。"我一把推开了礼燃。

"行，你想听什么，你就对自己说什么吧，这样总比你患抑郁症自杀的好。"

听到礼燃说到这个，我如醍醐灌顶般清醒了过来。我捂着滚烫发涨的脸朝徐朗挤出了个笑容，礼燃急忙一把抓住我的胳膊说："我该死！"

"礼燃！我就算抑郁自杀千万次，也比你的虚情假意好上千万倍！我也想弄明白，为什么全世界这么多城市这么多国家，我偏偏就来了一个离爱丁堡最近的斯特林？现在，你算什么？你就是一个下三烂的玩意儿，你就该和黎雪双宿双飞，我祝你们一路向西！"

礼燃听完后，松开了我的胳膊——和每一次松开我的胳膊一样，轻松利落。

我转过身，突然想起了上次对我生拉硬拽的沉伦。那一天，我对他拳脚相加，他只是哭着用浓浓的鼻音恳求我不要飞来英国，但最后，我还是轻松利落地飞到了不列颠岛，我的放手和礼燃松开我胳膊的动作一样轻松利落。徐朗指了指我桌上的酒说："你们在说什么我实在听不懂，你们自行解决吧，但你剩的那杯我喝了啊。"说完他把手伸过来拿起我面前的酒杯。我一把抢过酒，干掉后把酒杯放到礼燃面前的桌上，然后走到前台结账，离开了饭店。徐朗追了上来，我对他说："我想一个人，可以吗？"

他没说话，但也没再往前，默许了我的请求，我转身朝山顶快速走去，一阵疾风划过我的脸，我朝着酒店的方向继续走。走到酒店门口的时候，我又不想进去了，因为即使回到房间里，那里也都是堆砌着的思念和懊恼，于是，我继续往前，最后我走到了一片墓地之中。

我坐在长椅上，裹着黑色的风衣，空气中隐约听得到苏格兰风笛的声音。在五百多年前，这个墓地旁边就已经有这座斯特林城堡了，这是苏格兰的皇宫所在地。在这座石块堆砌的幽幽深宫之中住着一位漂亮的王——詹姆斯四世，传说他曾经和他至爱的伙伴达米安在此炼就"不死之药"。他们彼此陪伴，相互支撑，一起炼制着能让他们长存于世间的不死禁药。

岁月流去，两个人已经白发苍苍，漂亮的王和达米安在无数次失败后终于成功了。但是讽刺的地方在于，不死禁药一旦炼制成功，他们就会被黑月火焰夺去魂魄，并且，漂亮的王会丧失王权，被世人欺凌唾弃。于是，在炼制出不死禁药的当晚，为了不让詹姆斯四世受难，达米安一人吞服了不死仙丹。

在吞下仙丹的瞬间，达米安的魂魄离开了躯壳，变成了一只巨大的黑鸟，他飞到了黑月之上，流着泪俯视着整座斯特林的城堡。

而漂亮的王在知道了实情后，把制药剩余的金、银、水银吞进了肚子里，准备随达米安一起远走高飞。可是达米安离开了，也就缺少了炼制不死禁药最重要的配方——达米安的眼泪，不死禁药变成了毒药。次日，漂亮的王的尸体安然地躺在斯特林城堡之内，达米安在空中流下了眼泪。斯特林大雨倾城，都是达米安流下的泪水。

漂亮的王出殡的那一天，整座斯特林的天空都是黑压压的乌鸦，民众们点亮火把驱散了所有的乌鸦，他们说这些乌鸦都是没有灵魂的黑鸟，但它们不会死亡。所以，斯特林成了英国乌鸦最多的城市，那些黑鸟都是达米安的化身，这么多年以来，它们还在找寻漂亮的王的身影。

我现在的姿势一定像一只躲避风雨的鹌鹑，不去看不去想，因为怕去看怕去想。耳边的风片刻不停，它们穿过树林穿过湖面，又回旋着趴在我耳边，听上去像是在呜咽。许多事情就这样过去了，说好铭记的岁月也被遗忘了，只是今天，回忆在空谷寂然、光雾凄迷间，还是拉开了想念回旋的序曲。

有时候，一个人只要好好活着，就足以拯
救某个人。

——东野圭吾

22

并没有
更爱我自己

阴 ｜ 死亡谷 ｜ 心情指数：●●

今天突然想聊聊沉伦，按照他的说法，他在我生命里是毗湿奴一样的存在，就我这个无神论者而言，对于他的此种描绘表示不屑，但就我这个普通的血肉之躯而论，他在我生命里那就是一个神一样的存在。他是我最好的兄长，甚至在我生命里充当过对我谆谆教诲的家人一样的角色，在我受欺负的时候他总是第一个站出来，尽管事后他会给我带来更多的麻烦。他是在深夜里定上闹钟，监督我吃药的人；他是在我得奖的时候，为我喝彩打气的人；他甚至是规划过我的将来，预想过我未来生活可能的人。总而言之，我们在彼此的生命轨迹里充当着指路者一样的角色，彼此关联，相互影响。所以，我离开他只身前往英国，对于他而言，就是一种背弃，而对我而言，我的离开更是一种不值得原谅的背叛。把一个陌生人变成生命中家人般的存在这种事许多人领略过，任遗憾的是对大多数人而言，这种感觉是短暂的，因而日后便笃定了当时的真挚感情是幻觉一般的存在。我和沉伦显然不是这一种，这是巨大的幸运。

我爸在和我妈离婚后，依然去滋扰我妈。有一年夏天，恰逢假期，在我知道我爸又打电话对我妈语言暴力之后，我直接杀到了我爸公司去找他理论。就去找我爸爸算账这件事而言，结果几乎都是可以预见的，无论我何其有理和委屈，最终，一定是夕阳映红整片天空的时候，我鼻青脸肿、满脸泪痕地拖着疲惫的身躯走出我爸的工厂。而那一次唯一不同的地方在于，虽然我挨了揍，但爸爸打了电话给我妈道了歉，所以那一天的我尽管依然鼻青脸肿、满脸泪痕，但脸上却洋溢着笑容，得意得像午后两点的太阳。

刚到家门口，我就看到沉伦正斜靠在我家门边，他一定觉得自己酷毙了，而为了营造一种类似电影《卑劣的街头》里的气氛，他硬是在那一天，在阳光散漫的下午，吊儿郎当地叼着烟对我挑挑眉毛说："是谁对你动的手？"我看了看他那蹩脚的姿势后问他："干吗？你还准备去砍我爸啊？"说完，我看着他喜笑颜开。

"呀！今儿看你心情挺好啊！意思是这还是荣耀之战？"他用右手食指和中指熟练地把烟蒂夹在手里，动作之老派直逼我去世多年的外公。

"嗯！打了这么多仗，这一次虽然伤亡惨重，但赢得漂亮！"

他转过脸仔细端详了我半晌后，耀武扬威的表情消失了。他擦了擦我的嘴角说："你这脾气真得改改，你这样会吃亏的，疼吗？"

"我就这脾气了，改不了，我见不得我妈受气，就算是我爸我也要管！"

"行，保护妈妈天经地义。还有谁能让你这样奋不顾身啊？这是什么啊？"他边问边从我头发里拿出了一块亮晶晶的玻璃。

"这，玻璃碴子？"

"这都行？又用玻璃杯砸你了？你家老头子也太……"他说着，捏了捏玻璃块，利落地弹到我身后。

回到家，沉伦躺在沙发上，把头枕在胳膊上看了我半晌后，冷不丁地爆了句："可悲啊孩子！回到家也没人管你，你妈不知道你去找你爸吗？"

"知道啊，但我妈还有别的事情要处理。"我那天就是特别开心，那应该是我真正意义上第一次保护了妈妈。

"感觉没人关心你呢。"沉伦坐起身，手里握着打火机，反反复复地点燃，熄灭。

"你不是人吗？礼燃不是人吗？万颖不是人吗？"

"这倒是，别和我说礼燃啊，烂人一个。万颖也不是什么好鸟，你也少和她厮混，不正经。"说完，他嫌弃地对我撇了撇嘴。

沉伦从口袋里掏出一个钥匙扣，漫不经心地递给我说："给，听说你在找这个，你落我那儿了。"

我接过钥匙扣一看，发现并不是我的。我的钥匙扣是两个不同品牌的扣件拼装在一起的，世界上根本没有卖的。但我还是装作不知道的样子收下了沉伦精心准备的礼物，这是一种暗自保护，也是默契，这些年都是这样。

钥匙扣对我而言很特别，是因为我换过许多学校，搬过许多次家。那时候指纹密码锁还不风靡，别人都是常常给钥匙换钥匙扣，而我是常常为钥匙扣换钥匙。我不想失去恋旧的权利，所以保存多年的钥匙扣对我意义非凡。

我把钥匙扣放在手心端详着，对沉伦说："找到了？那谢谢你。"

"嗯。你小子现在安全了，我也可以睡一下了。我昨晚可是连夜赶到机场，又熬夜等今天最早的航班过来看你的。"说完，沉伦急忙把我手上的钥匙扣抢了回去扔到茶几上，他也怕我看出什么差别。

"礼燃和你说的吧，这次我家里的事？"

"虽然我很不待见他，但他也算识趣，这种事儿你也不会直接和我说，他好歹算帮了我们一次！"说完他蹦起来，走到窗户边拉开窗帘对我说，"多美的暮光，一定不要辜负。"

我走到他身边，抱着胳膊，靠在他肩旁。暮色四合，地平线的尽头发出橙色的暗光，天空散着幽幽淡淡的黛青色的微光，像一块通透的玉石一样，行云流水间，一晃一个姿态，变幻万千。

"沉伦，你今天不是问我，还有谁能让我这么奋不顾身吗？"

"嗯？"他应了声。

"我对我所有的家人都会这样去保护，"我说完后，他似乎想问我些什么，没等他开口，我便轻而易举地说出了他期望的答案，"然后，你不是我的朋友，你是我的家人。"

他咯咯地笑着，不搭腔，只指了指我一边有些隐隐肿胀的嘴角问我："真不疼吗？"我摇摇头。他的笑容渐渐散去，对着我认真地说："我们好像都和父母走得很远，不对，应该是父母和我们走得很远，但我们不是没有家人的人，所以，以后我们就不要再走散，再被遗弃了，你答应我。还有，我很开心你今天这样和我说。"我朝他点头，甚至还伸手对他做发誓状。

那一天不是虚情假意能够作祟的日子，那一年连我也未能预计到我很快就会离开他，用穿越时区飞越大洋的方式决绝地逃亡，他理应憎恶我这个背信弃义的人，我特别能理解。

我已然失去了被理解和原谅的机会，就别再剥夺我暗自愧疚自责的权利，假若全没有了，我会成为我最瞧不起的那种人。

人的本能是追逐从他身边飞走的东西，却逃避追逐他的东西。

——伏尔泰

23

浮生一日

| 晴 | 大学城 | 心情指数 |

八须鱼一边帮我收拾着衣柜，一边哼着奇怪的小曲，我在电脑前一边找着新闻资料一边对她说："你也真是荣幸至极了，能帮我收拾衣柜。"她"哈哈"笑了几声，回过头怪声怪调地对我说："可不是嘛，今天也真是皇恩浩荡的日子呢。"

我继续一边截屏资料一边对她说："那就再浩荡点儿，晚上请你吃法国菜吧。"她一听猛地点头说:"行啊!不过你也该来点儿荤的,你这样熬夜弄资料的样子让我想起我高考那会儿。"我看了她一眼用遗憾的口吻对她说:"那你那会儿还真是不用功呢!"她摇头晃脑地想了半天后怼了句:"如果我念你的专业也会和你一样用功,这种专业存在于人世间不就是要把你变成一本历史百科全书之类的吗?我才是替你觉得遗憾呢!"

我看了她一眼,面带微笑,她立刻补了句:"当然,你就算是历史百科全书,也绝对是精装本,全世界限量一本的那种。"

"我是不是常常让你们有压迫感啊?你对我的形容拆开来讲就是:历史,百科,书,每一种都让人觉得很倒胃口。"我问她。

她回过头看了我一眼,然后眉毛一边高一边低地想着,就像小时候对我恶作剧的表姐们一样,女孩们常常露出这种表情。然后她对我说:"百科全书里也有讲恋爱、讲游戏规则、讲登月计划的章节啊,每个人都喜欢百科全书,我以为你能理解我是想称赞你。"

她没像表姐们捉弄我一样给出让我下不来台的答案,我却一时语塞不知道怎么接话,而且现在好像是我让她下不来台了。我问了她一个我一直想问但却不曾说出口的问题:"那你为什么会觉得有我这样的朋友让你觉得羞愧呢?"

"羞愧?你为什么会这么说?"她放下手上的衣服,看着我,表情特别认真，就像每一次她安慰我说我是个好男孩一样。

我坐到床上，把手放在膝盖上，事实上，我要和她讨论的确实是一个让人沮丧的问题。我对她说："这么久了，我和你的合照你从来不会上传到社交平台上。你和其他所有同学的，甚至是徐朗的，你都可以上传，但只要有我的，你都会避开。我甚至前些日子还专门暗示过你，让你上传我们的合照。所以，我是一本让你倒胃口的百科全书吗？"

"关于这个，还真不知道怎么和你解释好，你知道的。"她走到我身边，蹲在我前面，抬头看着我，皱着眉，嘴角却微微上扬，像表姐们祈求我原谅时的表情一样，她们每次犯错都会做出这样的表情，女孩子都喜欢这样。

我盯着她，没打算原谅她，因为如果我的假设是成立的，那么她这个举动显然是会伤害到我的情感的。我朝她摇摇头说："我不知道，除非你喜欢我，对我有感觉，不然你现在做的一切，都会让我以为你是因为觉得我不配做你朋友，你不想让人看到我。那么，你是喜欢我吗？女孩们对我告白前没有像你这样的。"我的表情严肃，像在做法律陈词一样。

她缓缓站起身，憋红了脸，坐到我旁边，拉了拉我的衣角对我轻声细语地说："你这个脑袋瓜是我见过的最聪明的，什么事情你都能够想明白。"

"我说话的方式就是这样，以前对喜欢的人告白也是这样说出口的，每一次问别人对我的感觉也是这样的表情。那么，我明白了，你就是因为喜欢我，所以怕我的照片让别的女孩看到，想占为己有呗？我是不会尴尬的，希望你也不要！"我继续用一贯的无关痛痒的姿态说着一件烧红我们彼此脸颊的话题，没错，我一直都是这样。

她眼睛垂下来，看着地毯上日光照射树枝投下来的光影，嘴角的笑容越发深刻，然后她朝我转过来"嘿嘿"笑了几声。我把手缩过来抱在胸前，这一刻的场景是我没遇到过的，她此刻看上去像比我年长十几岁的怪阿姨。她站起身，揉了揉头发对我说："我们到底在干吗？我有男朋友的，你是知道的。"

我点点头对她说："我知道，可是喜欢这种感觉也是不受控制的，这是你的事，谁也干涉不了。但你也要知道，我对你没有感觉也是我自己真实的私人感情，你也不能干预我，而你可以选择为了让我们将来能舒服地相处而减少见面次数，如果你不愿意，我也可以继续和你做朋友，但你不能让我觉得不舒服。"

她把手插进口袋里，俯下身看着我，嘴上都是笑意，她说："你知道我们能在一块儿玩，很大程度上是因为我们三观很合吗？我和你最像的一点就是我们都是自私利己主义者，你和我都是不会喜欢上不喜欢自己的人的。我知道你喜欢的人是什么样子，所以我不会喜欢上你。我只想告诉你，我不上传我和你的照片，是因为我男朋友很介意我和你做朋友，他在别人那儿看到过我们几个人的合照，他笃定，你是我以前常常向他描绘的我喜欢的那种男孩，所以，为了天下太平，我只能不上传我们的合照了。我以前没和你说，是因为我觉得你一定想得到，也一定会理解的。"

我把腿缩到床上，盘起腿对她一直摇头。我对她说："你这个理由太蹩脚了，就像我说的，你甚至上传你和徐朗勾肩搭背的照片，那你男朋友为什么不吃他的醋？你就是喜欢我，你还不承认，大家都是成年人，这有什么不能说的呢？"

她又"嘿嘿"怪笑了两声后对我说："你和徐朗完全不是一个类型啊，我男朋友知道他那型我不会喜欢，而你这样的，他就是觉得我们有问题，所以，我们就不碰那块儿吧，清者自清，你说呢？"

"这一点儿都不好！我不喜欢，我和你本来就是清清白白的，你这样一弄，倒搞得我们像是在偷情一样，你不是说我是你在英国最好的朋友吗？"我有点儿气急败坏，好像嫉妒的人是我一样。

"我没说你是我英国最好的朋友，我说的是，你是我最好的朋友。"说完她捂着嘴大笑了起来，我的反应似乎是她一直很期待的，她也因为看到了我奇怪的反应而觉得特别满足。

"那你就上传我和你的合照，昭告天下，我们是最好的朋友！要不然，我就和你……"我开始用威胁的方式解决这件事，我脸上自始至终没有一点儿笑容，这让这件事更加充满了趣味性。但到这里的时候，她脸上的笑容也渐渐变成了一种我很少见到的森然的表情，她看着我对我说："分手吗？就不要我这个朋友啦？"

我没说话，她的眼睛却开始隐隐发红，我有点儿不知所措。我依然觉得我的坚持是有理有据的，这并非无理取闹，但我不喜欢看到女孩哭，所以我对她说："那至少，我可以上传我和你的合照……"

她终于露出了笑容，对我点点头说："可以，但拍照的时候你要在前面，我脸大。"我站起身，走到窗边，打开窗户，连上音箱。她没再说话，走到衣橱边，继续帮我叠衣服，我们像什么都没有发生过一样。

"还有，刚刚你说的我们是自私利己主义者的问题，我和你三观没有那么合，我是会喜欢上不喜欢我的人的，我到今天可能还在喜欢那个人。"我补充道。

她没回头，背对着我轻描淡写地说了句："你行了吧，你只会喜欢上喜欢你的人，你比谁都清楚。"

那天，我没对她说出我的恐惧来。我不喜欢任何不能见光的感情，无论是何种类型的，因为它们都被隐藏在充满裂痕的午夜，一旦见光，便无所遁形，被剿灭得毫无痕迹。不仅如此，这种感情还从我们接受掩饰的那天开始，就打开了一个定时开关——你知道你们都将妥协于一些必然会出现的所谓的不可抗力，然后在这种不可抗力到来后，认命地配合着，平静地看着你们之间的关系轰然倒塌。

　　而我，并不想，也不能失去她。

我们把世界看错了，反说它欺骗了我们。
——泰戈尔

24

永不放手

| 晴 | 河畔住宅 | 心情指数 ●●●●

八须鱼和徐朗各自抱着胳膊倚在墙上等我。八须鱼穿着一条黑色短裙，手上拿着一个方形大包，涂了一个复古红色的口红，单脚落地，一副随时接单的样子。

徐朗就更不用说了，穿了一件黑色皮夹克，两个人挤眉弄眼的聊天过程就像徐朗在和八须鱼询价一般。

日光漫漫散散地洒在两个人身上，空气里有八须鱼最近钟情的一款香水的气息，是一股若蜜桃、似甜梨的清香。

我走到两人中间，面带笑容地打量了他们一番后问候道："怎么卖？"

八须鱼啼笑皆非地接过我手上的文件包，徐朗则冲我"哼哼"两声后打趣道："你的话，免费。"气氛变得有些诡异，接着，八须鱼做出了一个让我们更加错愕的举动，她羞涩地从地上的一个牛皮纸袋里掏出一根黄瓜对我说："肯尼，你不是爱吃这个吗？我今天给你做！"徐朗一听，立刻笑不可遏地冲我挑了挑眉毛。

当然，八须鱼不会客气，因为接着她便又喜形于色地从纸袋里掏出一根玉米对徐朗说道："咱北方人还是得来这个，我也给你做！"

我带着笑对徐朗鼓励地点了点头，他对八须鱼客气地说："给我做？你不如杀了我。"接着三人仰天长"笑"到肚子岔气。

这是我们来英国后的第一个小长假，和世界各地的学校一样，小小的长假后要么跟着许多假期作业，要么就是一场不简单的考试，而我们的这次小长假之后是一场考试加不少的作业。

徐朗和八须鱼一直想请我吃一顿"像样的"中国菜，他们对所有的英国菜都深恶痛绝。当我提议"我们既然在英国吃不到地道的中国菜，不如做一次地道的英国菜"的时候，八须鱼急忙拿起手边的鳗鱼冻吃了一口对我说："你先让我吃口正常的压压惊。"徐朗目睹八须鱼吃掉鳗鱼冻的全过程后发出一阵干呕的声音："你吃的好像是英国黑暗料理之最。"

八须鱼吃惊地捂着胸口说："啊？我以为黑暗之最是我上星期在肯尼这里吃掉的那个鞑靼兰肉呢。"

这次换成了我捂住胸口对八须鱼说："什么！上周是你吃掉了Monica那盘生牛肉吗？"

八须鱼急忙举起双手解释道："对不起，他的纯生牛肉沫中间有一个纯生鸡蛋，这在英国可是一道菜。"我们三个人相互看了彼此一眼后，世界沉默了几秒钟，诡异极了。

徐朗说了句："要不我们来投票？"换来我们三个人异口同声地喊出："中国菜！"

午后，天空依旧晴朗，风里似乎藏着看不见的冰晶，刺痛暴露在空气中的肌肤，这些细小的冰针似乎找得到脸上、颈上的毛孔，它们狠狠地扎进去，在血液里游走，这个时候必须得找个方法来驱散这种寒意了。

我们决定做一顿像样的火锅解解馋。我们很快就商量好了策略，我和徐朗到 Tesco（乐购）选主食和蔬菜，八须鱼去中国超市购买酱料和饮料，我们分头行动。

八须鱼回学校坐车，我和徐朗步行前往超市。从住所到超市，步行要二十分钟的样子，我们对斯特林还不熟，这样刚好可以增加对这里的了解。你知道，几个花园、几家小店、几只野猫，都会在日后的岁月里给你增加回忆的厚度。比如今天，我就会在之后的某天想起，徐朗曾陪着我路过一条条林荫大道，他会随手采摘一些不知名的树叶递给我，我们聊着漫无边际的话题。他不告诉我为什么把树叶递给我，我也从来不询问，这可能便是我们的古怪默契之一，但那天一起步行的决定，让那个午后变得有意义。

那天下午，日光散落在整座小城的树叶枝头上，染出一大片的金黄。我们路过的所有花园都馨香四溢，每一个湖面都荡着丝丝涟漪。鸟雀掠过枝头攀谈着今年的过冬计划，蝴蝶回忆着破蛹之日第一缕阳光的温度，黑麦草群仰头望着天际无限接近透明的蓝，城堡里年轻国王的魂魄还在花园里等待王后的归来……而徐朗只是看着我吟唱，我每次随着他吹起口哨，他嘴角就会露出一抹得意的笑，我问他笑什么，他总摇摇头不说话。

他把外套脱了搭在手臂上，我冲他笑了笑，也没说话。他伸出手抚摸着身边从篱笆里探出来的枝丫，面朝着我倒退着走。他吹了几声口哨，然后开始唱歌：

这一刻突然觉得好熟悉

像昨天今天同时在放映

我这句语气原来好像你

不就是我们爱过的证据

差一点骗了自己骗了你

爱与被爱不一定成正比

我知道被疼是一种运气

但我无法完全交出自己

努力为你改变

却变不了预留的伏线

以为在你身边那也算永远

仿佛还是昨天

可是昨天已非常遥远

但闭上我双眼我还看得见

可惜不是你

陪我到最后

曾一起走却走失那路口

感谢那是你

牵过我的手

还能感受那温柔

那一段我们曾心贴着心

我想我更有权利关心你

我想我更有权利关心你

……

我跟着他,看着他的眼睛,听他唱歌,也不知道为什么,可能是我看到了他在风中泛红的眼睛,可能是因为沉闷的鼻音,我突然就好心疼,心疼徐朗,心疼沉伦,心疼礼燃,心疼好多人,也包括我自己。

那些无声哑忍的思念,从未丢失,从未遗忘,历久弥新。

徐朗随手扯了两片树叶递给我,我接过来塞进口袋里,他冲我笑,我冲他笑,不言不语。我抱起胳膊,他把外套递给我,我接过来披在身上。他唱得越来越大声,最后他把手搭在我肩膀上,我陪着他一直朝前走。进超市前路过了一个自助花店,我停在花店前看着一束鲜花说:"我如果自己给自己买一束花是不是会让我自己本身变得更加孤单?"

徐朗把手插进口袋里说:"那你以后一定会收到许多鲜花,在意你的人不会让你孤单的。"

我们走进超市，拿了各种食物，徐朗最后停在了酒架附近自顾自地选起了酒，我问他："你这是要干什么？"

他没回答，上前一步从我裤子口袋里掏出我的护照对我说："你装什么呢，你应该比我更想把自己灌醉才对。"

我一把抢回来他手里的护照对他说："你如果对我太了解，会让我觉得你没趣。这种古怪的孤独感让我一个人感受就好，你能不能打起精神来，做回你的阳光大男孩啊？"他打量了我一眼，抿了抿嘴说："我见到她了。"

"你，你见到，谁了？"我一时有些语塞，我当然知道他说的是唐琳霏，因为每次徐朗来斯特林基本都是找我，我从来没听他说过这件事。

"你会不知道？"他反问我。

"什么时候见到的？"我听到这里，看了看眼前的酒柜，看徐朗那副欲言又止的模样，急忙重新把护照掏出递给他。

"你没回来之前，在你家门口等你的时候。"他接过护照对我说。

"你确定是她吗？你们都多久没见了，怎么会那么巧？你知道斯特林是一座……'我想尽方法宽解他。

"是一座英国最小的城市，这个城市占地面积在中国就是一个大一点儿的小区，你是要说这个吗？傻啊你，会不会安慰人？我确定是她，虽然她现在留长了头发，但她看上去还是没怎么变化，脖子上那个流星的文身看上去依然像是新文的一样。我不确定她有没有注意到我，但我就是遇到她了。"他说完揉了揉头发，长长舒了口气。

我听完，一时间不知道该询问什么，也不知道该如何安慰他，于是我拿起一瓶绝对伏特加递给他说："想喝什么你就只管拿，我买单。那你们就是偶遇？在我们去找她之前？"

他看着手上的伏特加对我说："这明明是你最爱的红柚味。"我急忙递给他另外一瓶，他接过后继续说："这是你第二最爱的口味，柠檬味。"我递给他第三瓶，他冲我笑笑说："黑加仑味？行吧，你开心就好。"

"OK，我最爱的三瓶已经拿到了，现在你可以选你最喜欢的。"我接过他手上的推车。

他对我笑笑说："你不用觉得不好意思，从性格上看，你和这个瑞典酒是一致的，但哥我呢，更喜欢血气方刚的酒，比如说金酒。"

"拜托，徐朗，你能别说什么哥之类的话吗，一身鸡皮疙瘩。"我抢过他手里的金酒放进推车里。

他朝我不屑地笑笑说："为什么？那个礼燃就可以是你哥，我就不可以？你是不是家里死过哥哥之类的啊？"

"你！越界了！我叫你徐朗，你叫我肯尼，或者什么阿尼之类的也 OK，世界规则，OK？"我用手指指着他。

他后退一步，摇摇头，无奈地冲我耸耸肩说："好吧，男生称兄道弟的有什么问题？就像这酒，你是瑞典酒，纯净，简单，有深度，有创意，你多高雅啊。而我呢，是荷兰酒，浓烈，味苦，和你能摆在一个柜台已经是三生有幸了，对吧？"

我没说话，推着推车朝自助收银机走过去，徐朗追上来，一声不吭地，像个拔掉电源的机器一样把东西递给我扫描，我把现金塞到机器里结完账，提起东西离开了超市。

徐朗没有跟上来，我自己走在回家的路上。没过几分钟，我听到了熟悉的脚步声，他当然不会这样轻易离开，我只是不理解为什么他总是喜欢刺伤身边的人，他像只刺猬，我们因为同一属性靠近彼此，现在却相互刺伤，尽管我们靠近的初衷并非如此。

他的脚步离我越来越近，最后我手上的袋子被他一把抢了过去。他递给我一束鲜花，没说话，只自己一个人往前继续走。

"因为我不想失去你这个朋友。"我在徐朗身后说道。

他回过头诧异地看着我。我继续说道："以前有个人对我说话总是喜欢把他自己称作哥哥，也总是用'哥哥我'这样的开头，然后，我失去了他，永远地失去了。你说的礼燃，我和他这些年也产生了很多隔阂，我不想你成为和他们一样的人，我不想失去你这个朋友。"

徐朗听我说完，嘴角渐渐上扬了起来，我继续对他说："所以，我不想失去你，徐朗！然后，如果你真的想知道，我是有个死了的哥哥，但我觉得你不想听，显然我也不想聊……不能算亲哥哥吧，一开始关系很糟，但后来在学校里彼此依赖……算了，我说了我暂时不想说这个，所以你就当没听到，让我们直接略过这一段吧。"

暮色四合里，徐朗露出一个我许久没见到过的灿烂笑容，说："我刚说的荷兰酒，永远不会因为摆在绝对伏特加旁边而降低自己的品质。还有，要是你觉得给自己买花孤单的话，以后我们会给你定期买花的。"

"那我给你定期买酒。"我朝他笑笑。余晖下，他朝驶来的的士挥了挥手，我和他上车回家。

我们刚到家，就看到八须鱼又是中午那个姿势守在家门口，她对我们说："好消息和坏消息，你们想听哪个？"

"如果没有买到火锅酱，至少别是鞑靼牛肉好吗？我吃生牛肉的话会得疯牛病的。"我对八须鱼说道。

徐朗补充说："而我会发情。"

八须鱼打开购物袋说："至少我买到了中国泡面。"

"你不会想用泡面调料涮火锅吧？如果是这样的话，我只能说你八须鱼是个天才！"说完，我兴奋地接过她手上的袋子，朝厨房跑去，徐朗和八须鱼跟在我身后。

友情的箴言有许多，对于举起酒杯的徐朗来说，可能是像杨格口中那样，"友情为人生之酒"；对于八须鱼而言，应该是像冯梦龙说的那样，"相识满天下"；而我这个刚刚和他俩碰完杯的人则站在爱默生这边，他说："友谊是人生的调味品，但也是人生的止疼药。"

我们在满是酒气和泡面味儿的房间里狂欢着。深夜，有人敲门，我带着酒劲儿走到门前开门，一个光头的人站在我面前，在我开口前，他用带着浓重东欧口音的英文对我说："No drinking in this house（这个房子里禁止饮酒）！"

而在他身后，站着一个女孩，亭亭玉立，清纯可人，脖子上有一个类似流星的文身，她美好得像礼燃的女朋友黎雪一样。如果徐朗没认错人，那这个人应该就是他说的"前女友"吧。接着，她朝我挥挥手问道："你认识徐朗吗？"果然！徐朗没认错人！

我朝他们僵硬地笑了笑，让他们给我一分钟的时间，然后我把门关起来。我不知道自己该怎么做，但我很确定的一件事就是，我不想让徐朗见到这个人。我想对徐朗说我是在意他的感受的，我不想他成为第二个礼燃，即使我知道他将来肯定不能理解，而我届时也理所应当会受到责备。

所以我毅然走进厨房，对他们说道："好像是我房东的情人的弟弟雇佣的管家在门口，我们用一分钟处理完案发现场后从花园的后门离开。徐朗，你今晚带我回格拉斯哥，我和你睡。八须鱼，既然我们都没喝醉，你先回你的海里，我明天联系你，OK？现在行动。"

世界一阵忙乱之后（在这个过程里，八须鱼已经消失了），徐朗娴熟地从卫生间找出喷香机放在厨房。他把酒瓶放进自己的书包里，然后递给我一个果冻漱口水，我刚要张口说话，他已经把那个漱口水撕开倒在了我的嘴里，我急忙把漱口水吐到了花盆里。

然后徐朗把我拎到门口，我极力阻拦徐朗，但我显然不是他的对手，他小声地对我说："现在没有任何酒精的线索了，他既然是你的管家，那你起码要正式认识一下人家。"说完，他拖着我走到前门。

"我当然知道，但不是现在。"我横在门口，徐朗越过我的手臂，打开了房门。

我对徐朗喊了句："你别生气！"

门打开后，门口站着拿着钥匙正准备开门的曹轶宁，他对我们俩说了句："你俩喝了不少呢。"

我松了口气，徐朗打量着我说："哈哈，真有你的！我都被你骗了，有两下子啊，小子！"

我目瞪口呆地看着曹轶宁，他看到我没有任何反应的眼神后似乎意识到我们之间发生了些什么不愉快，我打了个酒嗝，倾斜了一下，徐朗一把抓住我的手臂。

徐朗松开我的手，把我交给曹轶宁后就离开了，他朝山丘的方向走去。曹轶宁问我："没事吧？"

我说："他没事，就是今天遇到他前女友了，他来英国不就是为了这个让他不死心的人吗？"

"我是说你，你喝了多少？"他问我。

"他好像不能一个人，你回来的时候，见到……"

"唐琳霏，我见到了。等一下，她不会就是……"曹轶宁没说完，这下轮到他露出目瞪口呆的表情。

"那个徐朗念念不忘的前女友，在他爸爸去世后，你知道的。"

我看着徐朗在细雨纷纷里渐行渐远的背影，陡增了一种五味杂陈的愧疚和心疼。在这些日子里，他已经成了我生活中重要的朋友，我却好像一直没认真拿出一个朋友的立场和姿态去和他相处。

曹轶宁问了我一句："我觉得，你是不是要……"

"追上去看看，我要去，我当然要去。"说完我追了上去。

徐朗没和我说话，我也没问候他，只是陪着他往前走。最后，我们走到了城堡里，他坐在石阶上一动不动，像城堡里的石像雕塑一样，表情森然，一时间，英国的日子染上了一层风霜。

他看上去像下午三点秋天下雨的天空，雨滴是他身上的血与肉，而我是在淋雨的过路人，没有撑雨伞。

我坐到他身边，揉了揉自己半干的头发，对他说："最后还是没有在一起。"他抬起头看着我，等我继续说下去。

"我认识一个朋友，他喜欢一个人许多许多年，见到的第一眼就喜欢，与那个人也周旋了许多年。他也像你今天这样来找寻，去示好，什么都舍得为那个人付出，什么都可以给，甚至为了那个人伤害了许许多多的人。但最后，他们还是没有在一起。你知道原因吗？诡异的地方就在于，不是对方不接受他，而是他一直知道对方不值得他这样去做，所以到了最后，反而是他自己不想要了，他们最后没有在一起。他不会原谅，永远也不会。"

徐朗听完低下头，依旧不说话，我朝他靠近了些，继续对他说："我一定是你人生里最不合格的朋友吧，认识的第一天就开始和你告别，说了许多伤害你的话，当然前提是你先开始伤害我的。我觉得年轻多经历一些事儿是好的啊，将来一定会应对人生里某个以为过不去的坎。你现在这么悲伤，没必要的，真的，好的爱情要不就是已经失去了，要不就是没到来，现在困住你的，让你感觉窒息的、愤怒的、厌恶的、遗憾的、带着恨意的，一定不是好的爱情。况且，你不也说了你来英国只是因为你自己不死心来找个答案吗？全世界所有有趣的事情如果究其根本都会变得索然无味，我觉得你没做错，可这会让你把自己逼到绝境，毁掉你对她最后的期望和全部的幻想。"

他打开手机，开始播放音乐，吹起口哨，我没再说话，在石阶上听他哼唱。

天黑前，我们走出城堡。雨后的城市有股特别的葱郁气息，血色的残阳投来最后的暮光，照在我们乱糟糟的头发上，剪出一幅特别的光景。他走在我前面，突然回过头对我笑了。我明白，纵然岁月渐次走过，我也一定会记得那天的景象，它会活在我们的意识里。

他随手扯了一片树叶递给我，我接过来朝他笑笑，他的眼睛里闪过一些心碎的火花，他对我说："起码，起码我来这里认识了你啊，这就值得了。"

起风了，我们沿着石板路往城市另一端走去。我们走过草地，经过墓地，看着钟塔发笑，听着风声赫赫，一直往前走。

"徐朗，你知道斯特林是英国吸血鬼最多的地方吗？"

"别说这些，我不信。"

"你是害怕吗？还有，徐朗，你知道这里每年有一次驱魔仪式吗？每年一次才能压得住，因为这栋房子里住了个达维斯先生，他生前被妈妈虐待过，只因为他妈妈一直想要个女儿，后来……"

"你有病啊，说些什么啊……"

"哈哈，你不是不信的吗，徐朗同学？"

"懒得理你，快跑吧！你跟上！"

"你跑什么啊，有你这样的吗？徐朗，你给我站住！"

"是你自己怕吧？胆小鬼！你追上来啊！"

……

深夜，我回到家里洗了个热水澡。我刚吹完头发打开门，曹轶宁便递给我一杯蜂蜜水和一条毯子说："帮我想个英文名字吧，在这里实在不方便，老外不记得我的中文名。"我一下就笑出声来，借着酒劲对他说："Monica。"他问我为什么，我晃了晃手里的热蜂蜜水对他说："就像张国荣唱的，'thanks thanks Monica'（谢谢你莫妮卡）。"

他接过我手中喝完的水杯后对我说："OK，Monica！你都这么说了，那你怎么开心怎么叫吧！只要你的生活不是你说的那种富有哲理的悲伤生活。还有蜂蜜水，要不，再来一杯？"

"OK！ Thanks！ I mean 'thanks thanks Monica'！（好！谢了！我是说，谢谢你莫妮卡！）"

世界以痛吻我，要我回报以歌。

——泰戈尔

25

风中低吟

| 阴 | 大道 | 高士威 | 心情指数 ●● |

一、

和一个纠缠已久的人断了联系是一种什么样的感觉？

就像每次想用淋浴的方式洗干净回忆的时候，

却发现淋浴器里洒下来的都是沙粒，

这些沙粒和我们为彼此流下的眼泪一样多。

就像每次想用酒精把自己麻醉，

但选酒的时候总是会习惯性地找寻对方喜爱的口味一样，

突然流眼泪是因为你发现这瓶酒不只是对方喜爱的口味，

还是上次你们说好的下次一起喝完的那一瓶。

就像是想去洗干净为对方文下的文身，

却在去洗文身的途中给对方买了一杯滚烫的卡布奇诺，

因为担心咖啡变凉而急忙折返回家。

然后你终于明白，自己的生命里都是对方的印记，

你始终无法接受和对方失去联系。

你做的一切不过是给自己推翻放弃的理由，

因为喜欢本来就无法忘记，无法失去。

二、

夜里，辗转难眠，起身在房间里兜兜转转，

反复拿出手机，一直打开邮箱查收最近的邮件，

有许多的遗憾没说出口，反复键入的文字被自己重新删除，

思念深似海却一直在缄默的世界里相互猜疑。

关了灯，路灯下，街道上玫瑰枝上的露珠熠熠发光，

世界上唯一黑暗的地方是自己的栖身之所，

徒然就有一种失去了全世界的感觉，

这就是孤独。

三、

总是拒绝你走进我的心里，不是排挤你，

我怕你进去后会流眼泪，因为你会看到，我的心里全是你。

常常落在你身后也不是我在疏远你，

因为我总是想无论到哪儿，我的眼里都是你。

四、

有备而来，为时已晚。

名字有什么关系呢？玫瑰不叫玫瑰，依然
芳香如故。

——莎士比亚

26

战利品

有风　｜　市中心　｜　心情指数 ●●●●

假期第三天，当我蜷缩在床上，Aaron（布偶熊名字）熊蜷缩在我怀里的时候，我的手机里传来了让人濒临崩溃的铃声，我睁开眼带着怨恨看清了来电的人是徐朗后，接起电话："徐朗，你知道这是我来英国后的第一个假期吗？你知道我过去这些天对这个假期做的计划之一就是好好睡几个懒觉吗？"

"今天是你来我这儿还是我去你那儿？"徐朗根本没在听我说什么，我甚至听到他吃曲奇的声音。

"我今天只想好好睡觉，哪儿也不想去，谁也不想见。还有事儿吗？"

"天气预报说今天苏格兰会下初雪。"徐朗在电话那端语气兴奋。

"所以呢？再见。"我挂断电话，继续倒头大睡。接着电话又响了，我接起电话："徐朗，我接电话就是想告诉你我现在要关机了。"

"Kenny，恁干啥叻！Get up（起床）！"我听到了八须鱼那带着浓浓河南口音的英文和普通话。

"你知道现在英国几点吗！"我直起腰皱着眉抚着脸，苦恼极了，想在英国睡个懒觉就这么困难吗？

"可是现在国内都已经中午了呀，Kenny，咱是中国人，肯定过中国的时间呀！"八须鱼慢条斯理地说着，我听到了她那边传来刀叉的声音，然后我幻想出一幅我拿着刀叉在盘子上切割一条河南八须鱼的画面，八须鱼张大嘴，不停重复着"Kenny，恁干啥叻！是我呀！"这句话。

"Kenny，你知道吗？天气预报说……"八须鱼没说完，我扶着额头说道："今天会有初雪嘛！我知道了，你们先让我睡够了好吗？

你知道我昨天晚上几点睡的吗？"

"Kenny，我不管你几点睡的，但睡眠时间一定要够才行，睡得晚的话你可不能起这么早，你听我说……"八须鱼继续不慌不忙地和我说着，我听到自己下颌骨因为咬牙切齿而发出清脆的声响，就像我扭断了八须鱼的脊梁骨一样。

"你听着，八须鱼，今天初雪我会和你们一起庆祝，但你现在必须让我休息，你明白吗？我昨天晚上看邮件看到了四点，我给他回了很多邮件，你别问是谁，也别问发生了什么，详细的我以后会和你说，总而言之，我现在需要休息，你明白了吗？明白就和我说再见！然后我挂了你电话之后，我会关机，如果徐朗找我，你就告诉他等我电话，好吗？"

"中！"八须鱼干脆利落地挂了电话。

我戴上眼罩，重新躺回被窝里，戴上眼罩之前，我关掉了手机，而为了避免再被任何意外阻断我这个睡眠计划，我甚至满意地往自己耳朵里塞了两片化妆棉，我觉得自己简直就是个天才。

那天我做了一个噩梦。我梦到自己沉到了海底，在深海里寻求帮助。但深海里一片漆黑，我什么也看不见什么也听不见，我只能用手四处抚摸，找寻让自己获救的可能，最后我抚摸到了一条巨大的鱼。它的皮肤光滑，没有鱼鳞。在梦里，它竟然不是冷血动物，它有着和人类一般的体温，我靠近它，最后它伸出胸鳍抱住我，我抱着它身体一点点恢复了温度。尽管我看不清它真实的样子，但我笃定它是善良的海豚，它可以治愈我，它一定可以。我身体渐渐发烫，我们肌肤亲近，我甚至听到了海豚在我耳边此起彼伏的呼吸声，不是气泡的声音，是像人类一样的鼻息声。

我是被一阵类似手机消消乐的游戏音乐声吵醒的，我缓缓扯下眼罩："沉伦，给我杯水。"

他继续玩着手游说："马上。"

我急忙弹起来，看着身边赤着上身的徐朗问道："你怎么会在这里！我不是说醒来给你们电话吗？"

徐朗转过脸看了我一眼说："你下次不能这么喝，你看你喝个酒弄得跟吸了毒一样。"

"问你呢，你怎么会在这里？"我回忆起昨晚的种种，我零星地记起我狼狈地扯着徐朗的衣角让他必须留下来陪我，最后，我举起酒杯对他说了句"友谊万岁"，就像白金汉宫里的伊丽莎白二世举起酒杯宣布加冕女王一样。

我叹了口气，抚着额头自言自语："这么说，你们没给我打过电话，今天也没有初雪，我刚一直在做梦。"

"给！"徐朗把水递给我，把手机放在床头柜上，我接过玻璃杯，一蹭手上的粉底印在了玻璃杯上。我用手摸了摸自己的额头，回过头看了看自己的枕头套，吸了口气平静地对徐朗说："我知道你照顾我这个醉汉已经仁至义尽了，但你起码帮我卸个妆再把我放到床上啊，这床单毕竟是埃及棉的。"

徐朗起身，从我的衣柜里扯了件外套穿上。"你很干净，没关系，"然后他低下头扯了扯身上的衣服问，"你的衣服怎么这么小？"

"可能因为当我这种偏高的男生喜欢穿 M 号的衬衫的时候，你这种巨型人的衣号是 XL。"

他脱了衣服扔给我，继续在我衣橱里翻找，我盯着他穿的内裤还没问，他就自己说道："哦，对了，你内裤倒还挺合身的。"然后他回头瞪了我一眼，嘴角扬起一个弧度继续说："我的衣服裤子你不用赔，我觉得这件衣服就很合适我，而且它是我的号。"说完，他穿上一件黑色的 D&G 衬衫，合身帅气。

我从床上起身，走到他身旁，从他身上扯下那件衣服说道："我给你买新的，这件不是我的，而且它是旧的。"

他见我这样说，也没坚持，然后他从卫生间拿出浴袍穿在身上，除了短了些，倒还算合身。他坐在沙发上，我到卫生间洗漱。等我从卫生间出来的时候，八须鱼正躺在我床上，嘴里含着一个棒棒糖，和徐朗两个人有说有笑地讨论着昨晚我醉酒的各种窘态。我走到床边，看到八须鱼依旧是昨天穿的那身装束，她面前有一个从厨房端过来的托盘（前天 Robert 在这个托盘上给一只火鸡剔过骨），此刻，她正和这个托盘躺在我从伦敦哈罗德百货买的埃及棉床单上，当时店员还夸赞我有眼光，因为我选的和戴安娜王妃选的是同款。

八须鱼从托盘上端起一小杯饮料给我："Kenny，喝点儿东西压压惊吧！你昨晚一直在叫一个什么伦的人，这一定是你小时候欠下的债吧！你看，都不放过你呢！"

我接过杯子喝了一小口后急忙往卫生间跑去，身后传来徐朗的大笑声。我漱完口走出卫生间，举着杯子问八须鱼："我就不问我刚喝的是什么了，请问这个杯子不会是……"

"就是你在 Liberty（自由百货）买的那套什么骨瓷杯呢。"

我看了徐朗一眼，扫量着他手上的那只香槟杯，微笑着说道："那你手上的不会是……"

八须鱼又说道："那只施华洛世奇周年纪念版的水晶玻璃杯。"

徐朗又喝了一口，然后对我说："你不觉得很好喝吗？这是郑州烩面。"

我闭上眼睛告诉自己一定是没睡醒，这一定是一场噩梦！但八须鱼立刻又把我拉回了现实，她得意地告诉我们："英国人不让在卧室里用餐，但喝茶还是可以的，所以我就想了这个两全其美的方法。"

　　我睁开眼睛，走到八须鱼面前递给她杯子说："请给我再满一杯。"然后我举起杯子对徐朗和八须鱼说道："友谊万岁！"就像白金汉宫的伊丽莎白二世宣布永不退位一样。

> 人生十分孤独。没有一个人能读懂另一个
> 人，每一个人都很孤独。
>
> ——赫尔曼·黑塞

27

休战

多云 | 市中心 | 心情指数 ●●●●

　　这是苏格兰的第一场雪，我们会站在遍布白色的山谷上，千峰万岭，极目一望，尽是银装素裹。我们会一起凝望冬雪纷飞，眼影摇曳间，一切似乎都会变得微不足道，所有的故事都会像雪花般飘落，融化在心间，所有的未来都可预见，所以我们期待万分。

　　八须鱼身着苏格兰格子小短裙，外面披着一条羊绒毛毯，她在窗

口双手撑着下巴满怀期待的样子让我想起儿时中奖获得过的一个俄罗斯不倒翁。徐朗一边玩着手提电脑，一边对我说："你不觉得八须鱼这个样子像一只在等待破处的信天翁吗？"我回头看了一眼徐朗，顿时觉得自己和他比起来还是要美好许多。

突然，徐朗坐起身对我们大喊："天啊！他自杀了！"听到"自杀"这两个字，我突然浑身上下一阵鸡皮疙瘩，这让我想起自己无数次无意识地陷入自杀倾向情绪中的景象，当然，那是在我还未开始正式服用抗抑郁药物之前。八须鱼急忙蹦到我床上，坐在我们两个赤着上身的男人中间，用一种类似信天翁求偶的语气问徐朗："呀！是谁呢？怎么回事儿？"

徐朗急忙打开一个链接，跳进一个英国当地华人新闻的报道网页，网页上有一张学生宿舍的照片，地上是两条相互扣紧的皮带，标题上醒目地写着：格拉斯哥大学××系中国籍学生于凌晨在学生宿舍自杀身亡。

接着，八须鱼和徐朗立刻进入了深度关切模式，八须鱼问徐朗："你见过他吗？"徐朗连连点头："在一起上过两次课，他是管理专业的，挺阳光的男孩啊，真想不到。"

徐朗说完看了我一眼，我已经满头是汗。自己回避许久的问题又一次被这样拿到桌面上，这让我觉得很羞耻，为我曾经戴着耳机，故意把音量开到最大声，反复地穿越在夜间马路感到羞耻；为我总无意识地往泳池深水区方向游感到羞耻；也为自己一次次在网页上发问"上吊死亡大脑缺氧状态后是不是就不会再感到痛苦"而感到羞耻……因为，自杀这个在加缪看来唯一严肃的哲学问题对我产生过无数次莫名的吸引力。

在我看来，人能自杀才是人和其他动物的重大区别之一，而在我们为人类权利据理力争的时候，也不应当忘记，可能能选择死亡也是人类的最基本权利之一。但我总不敢轻易提及这些事，对于我这样在精神卫生中心进行过系统治疗的人来说，一旦提起自杀，对于我身边的亲人和朋友来说就是血色海啸，这场海啸发生在他们每一个人的心里，我怎能轻易播报？在他们看来，我这样的男孩最后把自己逼到绝境才是不意外的结局，但他们又都笃定，我一定能在他们的干涉下成为意外的那一个，他们理解中的我不应该，也当然不会，也不允许，也不能自杀。

"好死不如赖活着！他是不是得了什么绝症？我们院里以前有个孕妇得了癌症，孩子都没生就跳楼了！"八须鱼继续和徐朗攀谈，显然没注意到我的变化。

"是啊，自杀的人都很自私，自己倒是舒坦了。"徐朗应和着八须鱼。

我一听再也耐不住了："对于那些继续生活都是磨难和抑郁的人来说，结束自己的生命怎么能算是坏事呢？自杀的人就是自私，那非得让别人痛苦地为自己活着的人就不自私吗？"

徐朗和八须鱼听我说完，目光交接了一下，八须鱼似懂非懂地点点头说："也对，要看什么情况。"

我扯了一把床上的被子，徐朗整个身体露在空气中，他看了看我说："我们的生活和社会都是由各种各样的个体和情感组成，我还是坚持人不能自杀，我们的命是上帝的，不是我们自己的。自杀的人都是傻子，是懦弱的表现。"

"噢，那三毛、舒曼、凡·高、茨威格和海明威在你眼里都是傻子，都是懦弱的人吗？"我继续和徐朗对峙，气氛变得诡异起来。

徐朗盯着我，眉头皱了皱，沉默了一会儿后，他微微张开嘴唇说道："嗯哼！"

"嗯哼？"我激动地重复了一遍，"嗯哼？嗯哼什么？你认真的吗？这算什么？就因为别人自杀了，在你看来就是傻子、懦弱的表现了？对了，你来英国是干吗来着？来找那个抛弃你的女生，然后到今天你也不敢去和她解决你的问题。在我看来，你才是傻子！懦夫！"

说完，我站起身走到衣柜旁穿衣服，徐朗躺回床上，八须鱼有些尴尬地站起身端起托盘说:"我先把吃的拿下去,趁房东不在。"

我继续气冲冲地穿衣服,我听见徐朗深深地吸了口气说道:"你为什么就是想死呢?"

我停止了穿衣服的动作,转过脸,怒不可遏地瞪着徐朗,他站起身急躁地揉了揉头发,继续说道:"我不管你说的那些人,就算是神明,我也不在乎,但你不可以,这就是我的立场。"说完,他快步走到我面前,一把抢走我手上的衣服说道:"我走了,只要你还不把你床头柜里的那包东西处理掉,我就再也不想见到你!我能失去的没有什么了,连你也要走吗?"

"你翻我东西?"我质问。

"你是说往你包里塞礼物的时候,碰巧看到你那堆关于自杀干预的打印信这件事吗?那算吧!算我翻你东西!"说完徐朗走到门口,把在超市送我的那束鲜花拔起来,扔到了垃圾桶里。

狂风暴雨之后,世界清净了,几分钟后手机收到清脆的短信提示音,我急忙拿起手机,屏幕上闪过八须鱼的短信:Kenny,我们好像都忘记今晚有狗子哥的派对,我先回家换身衣服,待会儿我们直接在酒店见!你赶紧收拾一下。

我穿上衣服,一时间,不知道何去何从。我反反复复拿出手机想给徐朗打个电话,但也不知道从哪里解释好。我拿起徐朗说的那个文件包，上面印着学校的校徽，这是刚注册学籍那天，老师来班上给大家发的包。我走下楼，打开门，一阵刺骨的冷风席卷进衣服里，我裹紧衣服。清冽的空气中有草丛的气味，混杂着类似鼠尾草的香气，邻居家篱笆上的苔丝隐隐发黄，隔壁邻居坐在轮椅上朝我挥了挥手，我朝他点点头，突然有种上去游说他自杀的冲动。但我立刻觉得自己荒唐到了极点，虽然他确实可能是方圆一千米内唯一会支持我观点的人。我走到路口，一辆灰色汽车停在我旁边，我朝车里一看认出是王更霖，他放下车窗对我说："高地酒店？ Claire 的局？"

我点点头，他对我点点头说："上车。"

我上车后，王更霖朝我的方向伸出手，把热空调出风口转向我说道："斯特林这规模在国内充其量就一村子，在英国居然是一座城市。"

我回头看了看他扔在车后座的书，问他："*How to write the history of the new world：history，epistemology，and identities in the eighteenth-century Atlantic world？*"（《如何书写新世界历史：18世纪大西洋的历史、认识论和特征研究》）

他没看我，撇了撇嘴说："我的专业就是这个啊，大西洋研究。"

"大西洋研究？研究什么？它的历史？欧洲？美洲？大西洋沿岸文化？"

"差不多吧。再加上非洲，意识形态、疾病传播，还有历史生态什么的。我以为你会去伦敦，你不是学翻译的吗？"他一边说一边递给我一个糖果。

我接过来塞到他车侧门筐里："我没学翻译。"

"啊？我之前看你的日志，你不是想学翻译吗？"他打开收音机，车里传来音乐声。

"学翻译是想多接触些文学，但我爸不同意，他希望我能改变世界命运。再说了，现在翻译软件这么多，语音输入设备也都能实现人机交流了，翻译没前景了。如果没有计算器这种玩意儿，这世界上最赚钱的职业之一应该是算术师之类的，但现在有了计算器，也就不需要这样的职业，你觉得我说得对吗？"

他转过脸朝我笑笑说："对！你一直很聪明，就按你的想法去做就行。"

电台广播响起了熟悉的旋律，王更霖跟着音乐哼起了歌："Maybe surrounded by a million people, I still feel all alone, I just wanna go home（人群围绕，我仍感到孤单，我只想回家）……"

我也没再说话，他开着车，朝市区城堡方向行驶，城堡顶端举着世界最后一些光亮，闪耀地照亮整片大地。

天空是浓墨重彩的蓝色，放眼望去，没有边际。夜逐渐深了，万家灯火闪烁摇曳着明灭，窗里窗外似乎隔着一道银河，触手所及只是一片冰凉，我只能在彼岸远远观望，目之所及只是孤独的投影。王更霖一脚油门踩到底，汽车全速朝山顶城堡处驶去。

我们会穿越森林，通过城镇，最后抵达城堡，而在越过城堡后，还会有雪山与河流，最后，是一整片宁静的海。

到了酒店门口，王更霖先放我下车，然后他自己去找停车位。进入派对现场后，我发现除了零星地穿插着几个外国人，包括两个印度人或者伊朗人，又或是伊拉克的人之外，目之所及的几乎都是华人，这场面我出国以来还是头一次碰到。他们见到我都朝我露出友好的笑容。我带着笑容心想：这可能是最好的英国文化之一——只要四目相对，无论认识还是不认识的先统统给个微笑再说。

狗子哥看见我急忙热情地和我打招呼，我朝她走去。她递给我一杯香槟，我接过来问她："为什么你的派对比我的规模大起码十倍？讲真，你认识这里的所有人吗？"

她朝我笑笑："都认识啊，不过一个小时前我也不认识几个，哈哈！这就是派对的魅力啊，拓宽人脉，同时……"她用香槟杯碰了我的杯子一下："释放压力。"

我晃了晃酒杯，看着人潮涌动的现场，竟有了一种回到国内的错觉。

　　我曾经无数次和我生命里那些重要的人穿梭在酒精味浓重的地下酒吧里，也在一声声清脆的碰杯声里相约天长地久，而今，我们已经散落在世界各地，谁还记得年少时信誓旦旦的红眼誓言？以前我一个玩得特好的姐姐告诉我，我是她见过的人里最好的人，我们社区里没有人不喜欢我，我虽然不是那种一见面就热络的类型，但我是那种慢热持久型的，每天见面点头微笑打招呼，乐于助人的同时又独善其身，所以，我这样的人会讨人喜欢。可现在沉寂下来仔细想想，和我走得太近的好像都没能天长地久，我以前总觉得所有的分离都能归结于彼此的性格，但在我一次次走到无疾而终的境地后才明白，其实是因为我们都太过亲密，都越了界。

　　人与人之间关系能健康发展的前提，是应当保持着适当距离，有些能和朋友说的话是不能和爱人说的，有些能和爱人分享的枕边话是不能和父母讲述的，有些和爱人的亲昵是只能给爱人的。

　　"Kenny！"我顺着声音看过去，看到了八须鱼在楼梯口朝我一个劲儿地招手，事实又一次证明，她就是有那种把你从一切意识形态拉回现实的本领。

　　我走到她身边朝她晃了晃脑袋，我不想她询问我任何关于徐朗的问题。至少现在，我不想为我和徐朗的矛盾做任何解释、回顾和判断。

但她实在是和我没有默契的那类人，她喝了一口手上的鸡尾酒，眯着眼对我说："妈呀，还不如山西陈醋带劲儿呢！狗子绝对被人坑了。你和徐朗现在是什么情况？不会闹掰了吧？"

我对八须鱼说："我受不了他那副救世主的模样。"

八须鱼说："你又不是撒旦，为什么要害怕救世主呢？你就不能活得简单点儿吗？不过，你们男生的友情简单，你给他一支烟或者一杯酒，你们就又可以成为好兄弟，不像女生间的友谊，善妒。对了，你知道狗子有喜欢的人了吗？而且她在问我要不要告白。"

"有喜欢的人当然要告白！你怎么和她说的？"我一边说一边四下搜索着狗子哥的影子，没找到她，估计又忙于扩充人脉去了吧。她的派对，她绝对的主场，我就来不了这套。善于交际当然是优质品格之一，如果我能有狗子哥一半的交际能力，那在写这本书的今晚，我爸就应该从住得离我不远的地方给我发来短信：肚子饿吗？让阿姨给你下点儿面吧。但事实上，我并不具备狗子哥的社交能力，所以真实情况是我和我爸将近四年不来往之后，我觉得我在单方面思念着他，比如今晚，比如此刻正敲打着键盘的自己。

八须鱼和我说了几句话之后，就被她几个河南口音的朋友叫走了，她们突然在楼梯一角划起拳来，八须鱼一边笑一边吆喝："划拳不带讲英文的啊！"

　　我听见自己因为笑而发出轻微的气息声。现场越来越喧哗，大家喝了几杯酒，现在的气氛进入了最佳的微醺状态，我是其中一个。我依然没有找到狗子哥的影子，王更霖和两个人聊着曼彻斯特的足球，一下子熟络得像是亲兄弟一般。其他人我都不太熟悉，但每次四目相对的时候，彼此都会嘴角微微上翘，这应该是世界上最可爱的强迫症之一。

　　当我喝完了第十杯左右，我听见我身后传来一阵呕吐声，这也是所有派对的永恒伴奏之一。情况当然会发展成这样，以我喝酒的速度，我喝完第十杯，大多数人应该是开启了第十瓶的节奏。

　　一个人突然冲到我面前对我大声嚷嚷："Life is short（人生苦短）！"他面目狰狞，像是上刑场前对我声嘶力竭说出真相一样激动。我把手上的酒杯递给他，没和他交谈，走出了酒店，我没法和他交流，也不愿意再探寻任何所谓生命的意义。这让我想起我小时候的一个场景，我爸在我妈怀里酩酊大醉地对我妈说："生死太沉重，我们不要去谈论和触碰。"

　　成年后再看，确实生命里有许多东西是不能去深究和谈论的，无解还好，只怕自己太过聪明，能看透真相，这样的人生必将是不放过自己的一种。我走出会场，一阵疾驰而过的大风让裹紧风衣的我打了个冷战。我顺着路灯一直走到前些天来过的花园一角，落叶已经铺满了整座花园，走在其间，还能闻到一阵阵泥土的香气，树枝在风中发出阵阵摩擦声，我突然觉得未来变得虚无缥缈起来，但我坚信几件事：

一、就算没有父母的支援，我的物质生活也从来不会成为一个需要我思考的问题。我笃定，与众不同的我一定会像我出生的时候一样衣食无忧，我这辈子的宿命除了给世界带去一丝丝美之外，就是掏空心思地去爱一个人。

二、没有困境能将我击垮，自幼扭曲的应激心理已经让我对各类挫折免疫，但我也遇到了一个我人生的"超级细菌"——抑郁症，它要么将我毁灭，要么我站起来杀死它，如果我能杀死它，那很可能是在我这辈子的至爱出现之后。

三、我这种自恋又信仰爱情的人，上帝会赐予我最好的恋人，我们会厮杀到天荒地老，爱得热烈，至死不渝。

四、我终将会获得融洽的亲情关系，不管是和我的上一辈还是下一代，我会在脱离太久的亲情纽带之后，重新找回亲情。

五、那些没能毁灭我的会让我变得越发强大。

六、我将来很可能会写一部自传，记录下我与世界博弈和获胜的经验。

我恍然闻到自己身上浓烈的酒精气息，看来我是醉了。在我看来，世界上的三种困境是：因意外被困在肉体里的灵魂，比如高位截瘫；因经历被困在精神里的灵魂，比如抑郁症；第三种就是我现在的状态——因为喝醉酒，而被困在冬日里苏格兰小城花园的长椅上。

我蜷缩在长椅上，扛着酒嗝哆嗦着，渐渐睡去。我梦到了沉伦，他抢过我手上的酒杯，脸上没有一丝责备。他不再因为那个夏天我酗酒的事情对我皱眉头，我也没有借着酒劲从楼上滚到楼下，我更没有抱着他满脸泪痕地责问他："为什么我们要出生在这个世界上？对大多数人而言稀松平常的生活在我这里怎么就这么折腾？我为什么不能简单平和地生活下去？"在梦里，他只是抢过我的酒杯对我说："这么好的酒，你小子还想独吞啊？"他的笑绵长而特别，像每一次第一次一样。

也不知道睡了几分钟，我耳边听到了一阵阵熟悉的呼喊声："肯尼，肯尼！你起来，你们谁让他一个人在这儿睡的？不知道今晚会下雪吗？"

我睁开眼看到了狗子哥，我抱紧她，像小时候我妈每次送我去机场一样。我总是抱得特别紧，我知道再过那么一小会儿我就会被送走，然后又要一个学期，甚至一年见不到我爸妈。但至少那么几分钟，我妈是在我怀里的；那几分钟，我妈是属于我一个人的；那几分钟，我就是我妈的宝贝；那几分钟，我可以再也不用羡慕周末有父母接送的小孩；那几分钟，我可以再也不用因为亲情缺失的自卑而躲到床下面。

狗子哥搀扶着我，把我带进了酒店大厅，派对现场的音乐停了，有的人倚在墙上，有的趴在桌上，八须鱼蹲在楼梯口嘴里叨叨着些什么。聚会已经接近尾声，但我根本不想它结束，对我而言，现在才应该开始，让我在音乐里甩掉负荷，让我在酒精里融掉遗憾，让我在人群里获得温暖。

有个人突然发了疯一样地爬到桌上跳起舞来，没有音乐，滑稽至极，我没心没肺地大笑起来。狗子哥把我放在椅子上，急忙二去制止。突然他把外套一脱扔到墙角，接着他举起一个我们学校的公文包扔到了人群中。狗子哥急忙跳到桌上把他扯下来，我闭上眼，累得想就此长眠。

突然，人群开始交头接耳地讨论起来。我不知道他们在讨论什么，只见他们把一份文件传来传去，显然他们对文件内容非常感兴趣，我能从他们脸上读出来那种内心里抑制不住的雀跃。我的肩膀上搭上了一只手，我没力气回头看是谁。对面的人群越来越热闹，大家都凑到了一起，像发现了世界第十一大未解之谜一般，接着他们安静了，中间一个人举起公文包问道："谁是 Kenneth？"

我刚要举手，就听到身后一个沉稳的声音说："是我。"听到这个声音，我几乎失声痛哭出来，是沉伦。我握着他的手，眼泪砸在我的黑色风衣上，瞬时滑落，砸在地上。

我觉得我一定是喝大了，沉伦此时应该在香港、上海或者济南，他怎么会来到了斯特林，他甚至不可能知道斯特林有一个高地酒店里正举行着一场派对。那个举着公文包的同学把包扔了过来，并把那份文件传到了我手边，我看了下标题，呵，这不是我那份自杀干预方法名单吗？

我突然感到一阵濒死感，自己所有的秘密被全世界窥探透了。我想起来我把这个公文包放在了王更霖的车里，我又想起来下车前我没交代他不要把公文包拿下车来，因为这份报告无论谁看了都会觉得我有严重的心理危机。但雪他呢，沉伦原谅了我，并且来到了我的身边，还有什么比这个更让我振奋的？

"你们不可以随便翻别人东西！就算不知道这个包是谁的，你们也不应该这样去做！这是别人的隐私。"我顺着声音抬起头看过去——我真的醉了，我把徐朗看成了沉伦。

徐朗抢过我手上的文件冲人群喊道："我叫 Kenneth，我在精神卫生中心接受过治疗，是想过自杀，但我既然打印了自杀干预名单，就说明我还能被拯救！你们不能戴着有色眼镜看待我，三毛、舒曼、凡·高、茨威格和海明威都自杀了，你们不能评断我什么！"

　　说完，徐朗把我带出了酒店，我试图挣脱他，但他一定会更用力地握着我的胳膊搀扶着我。他把我带到山顶上，斯特林小城的山顶上，那个全是墓地的山顶上。在那里甚至有几百年来所有苏格兰烈士的墓碑，还能听到教堂里传来唱诗班的歌声。挣扎了许久后，我听见自己朝他声嘶力竭地呼喊："你不是沉伦！今天在这里的应该是他！"

　　他没说话，把我带到最高的山丘上，那里有一把长椅，能看到整个斯特林的景象。

　　月亮照在他的脸上，夜微凉，疾风驰过，我从微醺中醒来，我明白真正令人微醺的是回忆，以及回忆蔓延到心间的情愁，笑的眼、红的脸、飞扬的话语及回旋的思绪。

　　我坐到被雾气打湿的长椅上，月亮从薄薄的云层中投下一束光，照在他的脸上。我已经多久没在月光下看清一张脸，我看到他的眼眸像黑曜石一样闪亮，只是这次黑曜石下面多了两条潺潺流淌的溪流，这张笑中带着泪的脸让我想起了沉伦。四周是不知名的鸟的叫声，我看清是徐朗的脸后，突然一阵愧疚油然而生。

　　于他而言，我并不是最重要的人，他没有理由去担待我的任性和荒唐，我对自己说。

　　我急忙打开我的包，我想告诉他，那份文件无效，我不会自杀，至少在和他相处的这段时间里不会自杀。但我没找到那份文件，却翻出了一个水晶球，我拿出来一看，水晶球里雪花飞舞，我看了看手表，还有几分钟今天就过去了。

这难道就是苏格兰的初雪？他们说，初雪那天在没有约定的情况下相遇，无论是友情还是爱情，都会天长地久。雪花纷纷扬扬地散落在水晶球里的白色屋顶上，而透过水晶球，有一双眼睛诚挚地凝视着我。徐朗嘴角微微上翘，长长地舒了口气对我说："现在看到初雪了吧，不是想窥探你的隐私，只是想给你个惊喜，这些日子一直这么嚷嚷着要看初雪，这样一来今天就一定会下雪了。"

我抬起头看着徐朗，想起从今早到现在的闹剧，突然就笑出了声来。我晃了晃手里的水晶球，顿时，水晶球里卷起大雪，我问："徐朗，你相信天长地久吗？"

他看着我没说话，嘴角微笑的别致幅度倒也从未改变，他定睛不动的样子似乎是在想怎么说才能让我听到我想听到的答案。没等他说话，我就继续开口对他说："我不相信，但人生总有些时刻能让你怀疑是否会出现若有似无的永恒，比如现在。人可能也只有在相信的这一刻里能拥有天长地久吧，你说我说的对吗？"水晶球里的雪花渐渐地沉落下来。

"意思是，这一刻结束，一切都又变得转瞬即逝了？"他转着眼睛皱了皱眉，看着水晶球中最终停滞的景象，他的笑容的幅度慢慢变大了，他对我点点头说，"好像是这样，那我做的这件事不就……"

"特别有意义啊，艰难的人生，我们得有走下去的理由，人的终极追求都是不存在的东西，但刻意的虚幻和牵强的满足，也可能带来让人感动至极的结果。你甚至可以为我制造一场初雪，我现在看到手里的这场初雪比看到苏格兰的初雪还要有意义。"我把水晶球放在长椅上，他想了想抿着嘴笑，不说话。

我看着他，猛地用力点了点头说："嗯！"

他也大笑起来，用力地点着头说："嗯。"

看清这个世界，然后爱它。

——罗曼·罗兰

28

初雪

雪　｜　爱丁堡　｜　心情指数　●

八须鱼突然出现在我们面前，兴奋地对我们说："我们去海边吧！"

"去！"徐朗站起来，回过头看着我。

"你发誓我能在海边看到初雪吗？"我问徐朗，他看了看天空，又看了看我说："一定能！"

我们三个朝着山下跑去，其间一直听到周围的人嬉笑打闹的声音，我看到 Claire 在车里朝我们挥手说："待会儿见！"曹轶宁打开的士的车门对我们说："你们再不来就赶不上了，爱尔兰已经下大雪了，现在正往苏格兰来，我们到那儿应该能赶上。"

徐朗一把把我推进车里，他紧随其后，八须鱼嚷嚷着："我要坐 Kenny 旁边，你干吗？"

徐朗说："他喝了酒，我得保证他的安全，比如远离你这个痴汉。"

我们挤在车后座里，徐朗和八须鱼继续喋喋不休地斗嘴，前排的曹轶宁回过头看了我一眼，问我："没事了？你们每个人都没事吧？"

"嗯，能有什么事？没事。"说完我朝他笑笑，清了清嗓子。他朝我笑笑说："去看雪吧，这一定会是我们将来能记住的日子。"

车窗外的景象变得越发萧条，天空一片愁云萧森的模样，像此刻我怀念的每一张脸，百转千回，纷扰过后，我已经无法看清那张脸下面是自私的欲望还是高深莫测的一往情深。

车停下来后，海边已经聚集了一些人，三五成群高谈阔论着。Claire 兴奋地朝我招手，我朝她跑去，徐朗和八须鱼跟在后面，曹轶宁则用蓝牙音箱开始播放歌曲。我们簇拥在一起，躺在几块围巾铺成的地垫上，借着酒劲儿依偎在一起。寒风劲吹，八须鱼把外套一脱，披在我和徐朗身上，她钻进我们中间哆嗦着说："看雪为什么非要到海边来啊，我最多再坚持十分钟，再不来我就到车里吹空调去了。"

"你能别说这些扫兴的话吗？"徐朗朝我们挤过来说道。

天空安静得像一片巨大的湖，静默无声，我们凝望着，不再说话。不一会儿的工夫，大家就各自散开了，Claire自顾自地跑了起来，八须鱼像她说的那样，和曹轶宁跑回车里吹空调了，贴心的是，她不但把她的羽绒服留下给了我和徐朗，还把曹轶宁的也扒了扔给了我们。

"你们真的不要再以这个为借口脱掉彼此的衣服了。"徐朗冲她吼道，她一听大笑儿声后把车窗升了起来，密不透风。

我站起身，蹦了几下。徐朗终于也耐不住寒冷，朝更远处的海岸线跑去。我感觉这像是一车扭曲的错觉，我好像曾经在什么日子里，也有过一群这样的朋友，然后我们都走散了。

手机传来一条礼燃的信息：爱丁堡下雪了，你们哪儿呢？

我：那应该很快，我就在爱丁堡。

礼燃：在哪儿？我过来找你？

我：你把我给你的经纬度用谷歌地图定位一下，就可以找到，我就在这儿，到了给我电话。

"给，热可可，"徐朗说着把东西递给我，"太冷了，我去买了点儿喝的。怎么了？你酒醒了？"

"我没醉，礼燃过来找我们。"

"嗯，好啊，人多点儿好玩些，晚上要去 K 歌吗？去我那儿，格拉斯哥有家海鲜店不错，一楼自助，二楼 K 歌，华人开的。或者火锅？再或者……"说着说着他伸出手，盯着空中一层纷纷扬扬落下的细小的飘旋物，对我突然大喊了句，"下雪了！"

同时，周围都传来欢呼的声音，八须鱼和曹轶宁也打开车门，两个人拉着手又蹦又跳，像小时候在家过除夕一般欢喜。

渐渐地，雪花变得很大，像鹅绒一样漫天飘来，徘徊，旋转，下落。不一会儿，地上就铺上了一层松软的雪白。我拍了张照给沉伦发过去——当然，他是不会回复我的，但我依然想让他看到约定过的初雪。我们这辈子即使已经不能再做朋友，也不妨碍在回忆里怀念曾经的真心，无论今日或日后，无论我们生疏到何种模样。

电话传来一阵急促的响铃声，我看到礼燃的车朝我们缓缓驶近，我接起电话："礼燃哥？我已经看到你的车了。"

"是我。"电话那端传来那个既熟悉又陌生的声音，那个声音宛若天籁，又像是魔鬼，但我还没来得及说一句，电话已经挂断了。

一个雪球砸在我脸上，徐朗急忙跑过来问我："你怎么不躲啊？你没事吧？"

人人都必定知道炉边那种非凡的乐趣：下午四点就点上蜡烛，暖和的地毯，一把漂亮的茶壶，关着的百叶窗，一直拖到地板上的大窗帘，而同时却可以听得见外面正在刮着的狂风、下着的暴雨……

——托马斯·德·昆西

29

离开我，遇见我

| 晴 | 大道 | 高士威 | 心情指数 |

我做了个梦：

夏日炎炎的午后，你我穿梭在森林里搜集植物信息，微风带来了森林里的负氧离子。我们蹦上木筏，惊动了湖边的黑天鹅。我们穿过瀑布的时候，水雾打湿了我们的头发，你蹦到水里掀翻了木筏，我把水洒在你身上，水里有些新鲜的枝叶挂在你湿漉漉的头发上，我们发疯地大笑起来。你追逐我，我跑上岸，突然迎面跑来一头麋鹿，你把我一把按在灌木丛中，远处麋鹿越过草木往前奔驰，近处一群蚂蚁猛然一回头朝我们袭来，你从口袋里掏出几块蜂蜜扔给蚂蚁，我们起身继续追逐着往前跑。跑出森林前，天空下起了绵绵细雨，日光从城堡的方向照射过来，出现了一道绚丽的彩虹。

你问我为什么冬天的雪是白色的？我说因为雪在遇见你之后忘记了自己的颜色。

岁月漫长，
值得等待。

请你一直往前走，

永远别回头！

离开我，遇见我

总是拒绝你走进我的心里，不是排挤你，我怕你进去后会流眼泪，

因为你会看到，我的心里全是你。

生活不可能像你想象得那么好，但也不会像你想象得那么糟。

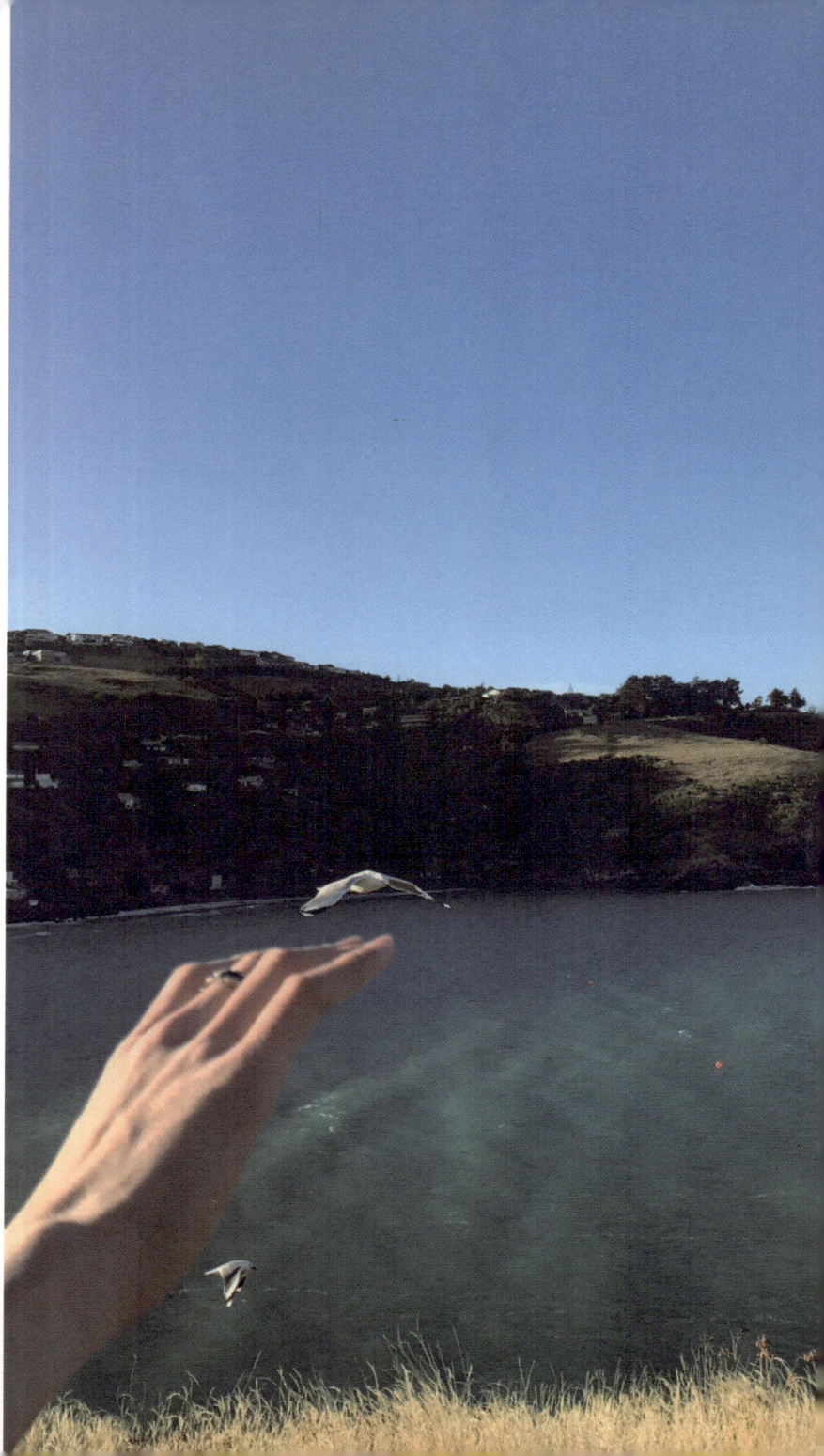